TOUT CONTRE ELLES

MARIE CHIABRERO

TOUT CONTRE ELLES

BERNARD GRASSET
PARIS

ISBN 978-2-246-83878-4

À Lala,
À mes parents,
À vous.

« Toute mère est sauvage. Sauvage en ce qu'elle appartient à une mémoire plus ancienne qu'elle, à un corps plus originel que son propre corps, boue, sable, eau, matière, liquide, sang, humeurs, à un corps mort, de pourriture et de guerre, à un corps de vierge céleste aussi. »

Anne DUFOURMANTELLE, *La Sauvagerie maternelle*

Avant moi, il y en a eu des millions, dans la souffrance, dans l'illégalité, et parfois dans la mort.

Après moi, il y a eu Jade, infection grave, hospitalisée. Il y a eu Edwina, l'odeur de la mort dans la douche un matin, les urgences, un curetage sans anesthésie. Il y a eu Charlotte, seule au monde dans sa chambre d'hôpital, visites non autorisées. Et puis il y a eu Carla, trois mois après s'être mariée. Et aussi Taïka, 400 dollars à New York. Et Déborah, passé le délai légal, opérée aux Pays-Bas. Nina, dix jours entre l'échec du médicament et l'opération programmée jusqu'à l'expulsion par surprise, dans la rue. Lisa, évanouie de douleur. Fiona, confinée avec sa belle-famille. Thaïs, dérèglement de la thyroïde, vomissements à répétition, 8 kilos de perdus. Léa, qui n'en a jamais parlé à qui que ce soit. Lila, qui m'appelle pour rire d'un rancard raté quand elle pousse un cri : une masse sanguinolente tombe à ses pieds. Elena qui n'a rien senti au point de se demander si ça avait fonctionné. Loup, victime d'une hémorragie. Daphnée et sa douleur insupportable. Inès, confinée, échec du médicament, pas d'opération possible, du sang en continu pendant un mois. Myriam, victime de violences conjugales. Juliette, dans un pays où c'est interdit par la loi.

Et il y en a eu d'autres. Autour de vous, parfois même devant vous.

Est-ce que c'est normal que j'aie si mal ? Que je n'aie pas mal ? Est-ce que c'est normal que je perde autant de sang ? C'est ce caillot-là ? Ou celui-là ? C'est gros ? Je regarde ? Je regarde pas ? Qu'est-ce que j'en fais ? Je le jette aux toilettes ? Comment on l'appelle ce truc ? Est-ce que ça a marché ? Elle fait quoi la machine qui aspire au juste ? Est-ce que j'ai le droit d'être triste ? Est-ce que j'ai le droit d'être soulagée ? Est-ce que j'ai le droit d'être un peu des deux ?

Dans un théâtre, le point de vue des coulisses offre l'avantage de l'omniscience. Caché dans l'obscurité on peut y observer la salle, la scène, les rouages, les lumières, les décors et leur envers. Tandis que sur la grande scène de l'Histoire les premiers rôles masculins n'ont cessé de se déployer sous les projecteurs, les femmes, elles, sont restées tapies dans l'ombre, veillant au bon déroulé du spectacle, soufflant au besoin les répliques manquantes quand la mémoire des hommes faisait défaut. De ces années d'observation minutieuse, les femmes ont conservé, je crois, un certain goût pour la compréhension des choses humaines. À l'abri d'une terrasse de café, sur le banc d'un parc où les enfants jouent, entre deux cigarettes au travail, devant un feu les soirs d'hiver, les femmes parlent et se parlent. C'est là, dans ces espaces où la pudeur tombe, qu'elles s'apprivoisent, décortiquant un à un les fruits juteux de la transmission. Là qu'elles racontent les choses secrètes apprises de l'autre côté, les choses du corps.

Et pourtant, malgré cette immense propension à gravir les sommets de la parole, certaines cimes demeurent hors de portée. À l'endroit de notre mère et des femmes de notre lignée, de notre propre histoire, bien souvent, nous butons. La porte se referme doucement. Plus on se rapproche du noyau matriciel, plus le bruit se dissipe. Pénétrée, l'enceinte de la famille est un champ de bataille désert où il ne reste que la fumée, le silence et les cadavres. Alors il faut se raconter des histoires comme de grands échafaudages suspendus au-dessus du vide. Sortir des coulisses, se travestir et s'élancer sur scène. À chacun sa mythologie.

Ma mythologie à moi commence dans le vacarme de la Seconde Guerre mondiale.

Sourde déflagration de ces millions de bébés nés après la guerre. Une flopée de bambins pour se réparer des nuits sans sommeil. Oublier l'attente infernale dans la rondeur de leurs joues. Remplacer l'odeur de la mort par celle du lait et des premières couches jetables. Faire comme si de rien était. Comme si rien n'avait existé. Et déposer délicatement, au creux de leurs berceaux en osier, des baisers sur le front, quelques traumatismes et des secrets, ainsi que, en guise de cadeau de naissance, l'injonction de vivre pour tous les morts-vivants de ce vieux monde qui venait de s'écrouler avec fracas.

Quelque part entre Lyon et Valence, dans la région vallonnée du Rhône, une femme a longtemps guetté le retour de ce jeune homme tout juste rencontré avant la guerre. Jacques. Il venait d'un village voisin et était immédiatement tombé amoureux en apercevant la jeune femme en robe verte sur le quai de la gare. Il s'était jeté hors du train en marche simplement pour lui parler.

Tous les deux se sont promis de s'écrire durant son absence et de se marier à son retour. Ce genre de promesses était vital puisqu'on ne pouvait savoir quand tout ça se terminerait. Alors tout entière elle s'accroche à ce serment qui se tient droit, là, tout au bout d'un chemin dont le relief tord la perception de la distance.

Son quotidien à elle, dans le petit village agricole, ne change pas beaucoup pendant la guerre. Il se résume à l'organisation des tickets de rationnement et à l'attente d'une lettre ou d'un retour.

Les premières lettres ne sont espacées que de quelques jours. La jeune femme en robe verte les lit précipitamment, parfois même en sautant des passages pour avoir le plaisir de les relire ensuite avec langueur, encore et encore, s'arrêtant sur un mot caché à la première lecture ou une phrase à double sens qui la plonge dans de longues rêveries. Elle s'endort souvent les mains jointes sur la poitrine, le papier froissé entre ses doigts, un léger sourire aux lèvres.

Progressivement, les lettres se font plus rares. Et dans le sillage de leur absence, le désarroi prend place. S'alternent des phases de désespoir qui la clouent au lit, en proie à de terribles cauchemars noyés dans des rivières de larmes et des phases de paranoïa aiguë. D'abord les explications rationnelles : le manque de temps, de papier, d'encre. Puis les explications plausibles : l'accident, la mort. Et enfin celle qui provoque l'irrémédiable retour au désespoir : l'oubli. La dernière lettre, en date de 1943, livre un combat sans pitié à l'espérance jusqu'à la fin de la guerre, qui finit par l'emporter. Cette dernière lettre est lue et relue jusqu'à être retenue à la virgule près. Pourtant, rien dans son contenu, pas même une de ces phrases à double sens, ne pouvait laissait présager qu'elle serait la dernière.

La jeune femme se remet comme on se remet de tout à cette époque : par résilience. Elle finit par accepter les avances répétées du boucher du village, rentré un peu avant la fin de la guerre suite à une blessure à la tête. C'est un homme gentil mais dont la simplicité d'esprit le prive de tout charme, et ce en dépit de la virilité nouvellement acquise grâce à la grande cicatrice qui parcourt son front de long en large. Elle accepte à reculons les bouquets de fleurs, se donne tout en se refusant et écoute d'un air absent les monologues emphatiques du soldat revenu trop tôt. Au fond d'elle, une lueur d'espoir continue d'éclairer le souvenir de Jacques. Parfois, elle croit l'apercevoir au coin d'une rue. Souvent, elle court après des silhouettes longilignes qui portent le képi. Jamais ce n'est lui.

Le mariage est prévu pour la fin 1946. La mère de la jeune femme se rend régulièrement à Lyon pour les préparatifs. On y trouve plus de commerces que dans le petit village. Un matin, prise par la fièvre, elle demande à sa fille d'y aller à sa place.

Elle croit d'abord à une hallucination en apercevant son profil sur le quai de la gare, le même que celui de leur rencontre, et détourne le regard aussitôt. Depuis quelque temps, elle s'est juré de ne plus se laisser emporter par ces mirages. C'est le grain de la voix, particulièrement grave, qui, comme un coup de marteau sur le genou, propulse par réflexe son corps tout entier vers le train. Malgré le brouhaha ambiant, elle n'entend que lui. Attention à la marche, il dit à la femme qui monte au-devant. Il s'engouffre dans le train et réapparaît à la première fenêtre, tenant par la main cette femme qu'elle ne tarde pas à reconnaître. C'est la postière qui, depuis la fin de la guerre, n'a pas été revue au village. Les deux silhouettes traversent les wagons et, sur le quai, la jeune femme imite leur pas. Elle voudrait faire un geste mais garde les bras collés le long du corps. Le conducteur siffle le départ. Elle ne bouge pas. Au moment où le train se met en branle, elle se voit le perdre une deuxième fois, se dit : il faut crier maintenant, oui, au moins émettre un son, mais elle reste là, immobile, prisonnière d'elle-même. C'est alors que ses yeux rencontrent ceux de Jacques, comme un éclair, tout juste réel. Et déjà il a disparu dans le lointain de la campagne.

Sa mère vient la sortir du lit trois jours plus tard. La fièvre, complice secrète de la scène, s'est emparée d'elle lorsqu'elle rentrait de la gare, infiltrant chaque goutte de cette pluie printanière qui s'abattait sur son visage, ses cheveux, sa robe. Pendant trois jours, elle se réfugie dans la chaleur délirante de la fièvre avant qu'elle ne retombe, emportant avec elle le doux regard de Jacques. Tu m'entends ? Sors de ton lit, on te demande à la porte.

Jacques se tient sur le perron, dans un costume rayé et trop grand, un paquet en kraft à la main. Bonjour, il dit d'un air ému. Ils s'assoient là, devant la maison, face à un grand hêtre rouge. Les premières minutes sont silencieuses, l'un comme l'autre ne sachant par où commencer, trop occupés à contenir l'amertume d'un abandon dont ils se sont mutuellement tenus responsables. Il lui tend le paquet. À l'intérieur, des lettres, par dizaines. Il y a son écriture à lui, et son écriture à elle. Il raconte.

Jacques était revenu de la guerre. Ce jour-là, il s'était arrêté au café en face de la poste pour calmer ses angoisses. À lui non plus elle ne lui avait plus répondu. Pour lui aussi les lettres s'étaient faites de plus en plus rares. Il réfléchissait devant une pinte de bière quand s'était plantée devant lui une femme en uniforme bleu, une employée de poste. Il la connaissait un peu et lui avait proposé de s'asseoir, se disant qu'il valait sûrement mieux confier ses craintes à un être doté d'humanité plutôt qu'à un mélange d'eau, de houblon, de malt et de levure. Elle l'avait écouté avec douceur, avait partagé ses souffrances, ayant elle-même perdu son mari durant la guerre, puis précautionneusement lui avait annoncé que la jeune femme était sur le point de se marier, qu'elle l'avait oublié, qu'elle était heureuse sans lui. Elle lui a dit que la retrouver ne ferait qu'accroître son malheur. Jacques, résigné, a fait demi-tour, l'âme en peine. Il s'est muré chez lui durant plusieurs jours, jusqu'à ce que la postière lui rende visite, pour lui transmettre un peu de sa compassion et une tarte aux pommes. Elle n'est pas repartie. Jacques a noyé son chagrin à ses côtés et, sans vraiment savoir comment cela était arrivé, s'est retrouvé fiancé.

En croisant le regard plein de désarroi de la jeune femme sur le quai de la gare, il n'a fallu qu'une seconde à Jacques pour comprendre que quelque chose dans l'histoire ne sonnait pas juste. C'est sa propre douleur qu'il a reconnue dans ses yeux, une souffrance si familière qu'il lui a semblé se regarder lui-même dans le miroir. Sa compagne, qui n'a rien raté de la scène, commence à s'agiter fortement, l'évitant du regard tout en l'assommant d'un flot de paroles ininterrompu. Jacques met cet étrange comportement sur le compte de la jalousie et n'y prête pas attention. C'est en rentrant chez eux, tard dans la soirée, fatigué de la voir gesticuler dans tous les sens, qu'il lui pose des questions. La postière tient bon les premières minutes d'interrogatoire, puis, comme un criminel épuisé de sa cavale, fait tomber son masque avec fracas dans une explosion de sanglots, de hurlements et de coups. Elle avoue tout.

Après la mort de son mari, elle s'est sentie tellement coupée du monde, incomprise de tous, qu'elle a seulement voulu apaiser un peu de sa peine en lisant des lettres d'amour. Et puis Jacques écrivait si bien qu'elle a commencé à croire que les lettres lui étaient destinées. Au début elle ne les gardait que quelques jours avant de les refermer soigneusement et de les donner à la jeune femme. Progressivement, sans même s'en apercevoir, elle est devenue jalouse. Amoureuse d'un Jacques qui se superposait au souvenir de son mari. Elle ne distribuait plus les lettres. N'envoyait plus les réponses. Jacques peine à la croire, alors elle lui indique le dessous de leur lit. Il hésite quelques minutes, à genoux face aux draps blancs, abasourdi, puis glisse sa main à tâtons entre les moutons de poussière jusqu'à sentir la latte surélevée. Il en sort ce gros paquet en kraft, contenant l'intégralité de leur correspondance volée.

Il ne l'ouvre pas tout de suite. Respire profondément, expulsant par son souffle toute sa rancune. Il redescend calmement et prend sa fiancée, aveuglée par ses larmes, dans ses bras. Ils parlent durant deux nuits et deux jours, s'aiment une dernière fois, peut-être la première et unique fois, puisqu'enfin la sincérité est totale. Et au petit matin du troisième jour, Jacques quitte la maison pour toujours.

Les deux mariages sont annulés. Quelques mois plus tard, la jeune femme est enceinte. Un bébé fait dans l'élan fougueux d'un drame évité de justesse. Le bébé d'après toutes les guerres. Témoin charnel des retrouvailles signant par son existence la garantie de l'oubli du grand capharnaüm qui lui avait précédé. C'est ainsi que la jeune femme en robe verte est devenue mon arrière-grand-mère. Et ce bébé, ma grand-mère.

Le bébé d'après-guerre grandit dans les années 50. Elle a une petite sœur. Enfants, elles ne vivent pas beaucoup avec leurs parents. La grande est élevée chez la mère de Jacques. La petite en nourrice. Ils les ont récupérées un peu plus tard, quand ils ont pu. On dit qu'ils se sont séparés un temps. Que la deuxième est probablement la fille du frère de Jacques. Que ça a fait des histoires. On n'a jamais vraiment su. C'était moins romantique que leur rencontre sur le quai de la gare. Quoi qu'il en soit, ils finissent par être tous ensemble. Ils vivent quelque temps dans le village de la jeune femme. Les filles sont libres, gambadent toute la journée dans les ruelles, les jardins, les places avec des fontaines. La grande promène la petite dans un landau de poupée. C'est une époque où le danger n'existe pas ou bien où l'on fait semblant de ne pas le voir. Une époque où les enfants, c'est pas bien grave ce qui peut leur arriver. Quand elles ont respectivement treize et dix ans, ils déménagent dans un autre village. Un plateau sans reliefs, loin de leur fief vallonné, où il aurait été facile de réfuter la rondeur de la Terre.

Jacques et la jeune femme y ouvrent un restaurant auquel ils consacrent leur existence tout entière. On y sert des spécialités du terroir local : filet de bœuf aux morilles, cuisses de grenouilles en persillade, escalope à la crème, tarte au citron…

Il y a des chambres à l'étage d'où l'on peut entendre Jacques hurler sur les cuisiniers. Les petites n'ont plus de maison. La maison, c'est le restaurant. Elles font leurs devoirs dans la salle, entre deux services, aident le midi quand elles n'ont pas école, et montent se coucher le soir sans leurs parents. La petite ne le vit pas bien du tout. La grande s'en fiche pas mal. À treize ans, elle est devenue adulte.

Quelque temps plus tard, elle a une hernie inguinale. C'est une hernie de l'aine. Un bout d'intestin qui se balade et qui sort entre l'abdomen et la cuisse. Comme une grossesse, mais à la place d'un fœtus, c'est un bout d'intestin. Il faut le lui retirer. Une opération sous anesthésie générale. Elle se présente à l'hôpital seule et en repart seule, puisque aucun de ses deux parents ne l'accompagne ce jour-là. Il n'est pas question de fermer le restaurant pour une opération chirurgicale.

Dès qu'elle le peut, elle quitte le village et le restaurant. Elle part pour Montpellier, ses ruelles pavées et ses toutes nouvelles stations balnéaires à l'architecture rocambolesque. On vient de la France entière pour admirer ces immeubles aux allures de pyramides qui imitent pour l'un la forme du nez de Charles de Gaulle, pour l'autre la courbe d'un poisson, ou encore des lunettes de soleil, des coquillages rappelant les conques des tableaux de Botticelli et autres symboles cachés.

C'est la fin des années 60. Elle devient une jeune femme franche, rebelle mais posée. Assurément en avance sur son temps, ayant hérité de ses parents le goût du travail acharné. Une femme qui travaille est une femme libre, dit-elle. Elle s'inscrit à l'école d'infirmière et vit dans un foyer. Elle n'est pas coquette, porte les cheveux courts, des vêtements amples, refusant obstinément d'appartenir à une case ; ni hippie, ni féministe, ni femme de maison. La séduction n'est pas son fort et elle trouve difficilement son compte au milieu des copies ratées de Brigitte Bardot et de Jane Birkin qui courent les rues à cette époque. Très vite, elle ne s'entoure que de femmes qui lui ressemblent, celles qui ont des choses à dire, des convictions. Elle travaille un temps à l'hôpital, puis plus tard passe un diplôme de puéricultrice et est engagée dans un centre social nommé L'Abri, qui accueille des jeunes femmes mineures et enceintes, rejetées de leur famille. Dans une autre vie, elle aurait probablement été lesbienne. Mais lesbienne est une case, et comme nous l'avons dit, l'idée de case ne lui plaisait que peu. Pourtant, être lesbienne lui aurait probablement épargné bien des problèmes, comme celui de rencontrer mon grand-père et, par ricochet, d'engendrer mon existence.

Mais tel un vrai mec, elle cède face à la beauté. L'intelligence c'était elle, l'argent elle n'en avait pas besoin. Peut-être que finalement les autres femmes s'en sortaient mieux ainsi. Avec des bonshommes qui leur assuraient protection. En tout cas, il est sûr que la dépendance financière règle la question du silence. Subis et tais-toi. Mais quand rien ne nous retient, comment savoir quand partir ? Peut-être qu'avoir une excuse rend la chose moins difficile. On ne se tient pas tout entier pour responsable. Il y a l'autre, le grand méchant loup que l'on ne peut pas quitter puisqu'il nous tient fermement dans sa gueule. Ma grand-mère, elle, a ployé gratuitement sous l'extravagance du charme méditerranéen. Et c'est là que les emmerdes ont commencé, au seuil d'un homme.

On peut raconter de jolies histoires, comme celle de Jacques et de la jeune femme en robe verte, mais la vérité c'est que les hommes ont toujours posé problème dans ma famille. De tous les côtés. On idéalise à tort le passé. On croit que c'est aujourd'hui que c'est compliqué les relations, l'amour, la vie de famille, tout ça, mais il fallait voir ce qu'il se passait à l'intérieur des maisons, avant. Dans ces foyers d'apparence chaleureuse, avec un papa, une maman. Quand le divorce n'existait pas, ni l'avortement, ni la contraception. Il y a eu les hommes mariés, les hommes riches, les hommes violents, les hommes incestueux, les hommes morts : à la guerre, de maladie, suicidés d'une balle dans la tête. Les hommes infidèles, les hommes alcooliques, les hommes fugueurs, les hommes lâches. Certains ont accumulé plusieurs adjectifs.

Pour les hommes qui sont restés, ceux qui se sont à peu près tenus – infidèles ils l'étaient tous –, deux adjectifs sont toujours employés : difficiles et autoritaires. Et puis dans la foulée toujours la même phrase : c'était une autre époque.

Comment ne pas détester rien qu'un peu ses enfants quand ils nous acculent ? Quand ils sont la preuve vivante d'une histoire d'amour ratée ? Le visage innocent d'une violence qui nous a été infligée ? Des familles entières se sont constituées sur le non-amour d'enfants dont on ne voulait pas. Face auxquels on n'a pas eu le choix. Nous sommes tous le fruit d'un désamour lointain.

On dit que la place de l'enfant a changé à travers les époques. Comme si soudainement, naturellement, on s'était mis à aimer les enfants. C'est simplement qu'un jour, on a eu le choix. On a eu le choix de faire des mauvais choix. De dire là, maintenant, c'est le bon moment. De s'essayer aux relations extraconjugales, aux coups d'un soir, aux relations toxiques, perverses, violentes, sans qu'elles nous définissent pour toujours et sur des générations entières. Je me demande souvent ce qu'aurait été ma vie si j'avais dû garder ma progéniture. Quelles études je n'aurais pas faites, quel livre je n'aurais pas écrit, quelle femme je n'aurais pas été. Forcément que je l'aurais détestée, rien qu'un peu, en secret. Je ne l'aurais jamais dit à personne, mais je l'aurais détestée et je me serais détestée moi-même de la détester.

Au milieu de ce joyeux bordel, les femmes de ma famille se sont frayé un étrange chemin. Le destin leur a prêté main-forte pour conjurer le sort. Chaque premier né sera une fille. Il y a eu beaucoup de filles. Comme pour créer un clan. Une arène. Les femmes se sont mises au centre, l'air de dire maintenant on s'en fiche, on n'a pas besoin de vous. Certaines, comme ma mère, ont choisi leur mari avec comme seul critère le négatif de cette longue liste d'adjectifs péjoratifs. Il ne s'agissait pas d'être doux, fidèle, loyal. Il s'agissait surtout et avant tout de *ne pas* être violent, de *ne pas* être infidèle, de *ne pas* être lâche… Le négatif a débordé et a fini par n'exister que par lui-même. En effet, quelques générations plus tard, dans cette famille, les hommes ne sont simplement pas. Ils ne sont pas. Ce sont les femmes qui sont. Les frères, les maris, les pères sont circonscrits à un espace silencieux, ils sont priés d'être discrets, élégants, tandis que les femmes s'agitent et parlent fort.

C'est un univers sauvage, surtout pour ce qui est du rapport entre les mères et les filles aînées. Car si les hommes ont pour défaut la trahison et la violence, il y a quelque chose, dans leur fonctionnement, qui reste assez simple, pour ne pas dire stupide. Ils cognent, ils crient, ils violent. C'est pulsionnel. L'usage de la force physique quasi constante. Les femmes, c'est autre chose. C'est autre part. Les femmes aiment et haïssent à la fois. Les femmes s'aiment et se haïssent elles-mêmes.

Aiment et haïssent leurs filles pour ce qu'elles portent d'elles. L'amour et la haine dans ce qu'ils ont de plus pur et de plus pervers aussi. L'injonction d'être même et absolument autre à la fois. De faire mieux en moins bien. C'est hostile et réconfortant comme un utérus. Aqueux et sanguin.

Dès les premiers instants qui succèdent la naissance, nous sommes posés contre notre mère. Contre le corps d'une femme. Blottis dans ses bras. Une bonne partie du restant de nos jours, nous la passons à lutter contre elle. Le mot *contre* porte à lui seul l'ambivalence inhérente aux rapports maternels. Il est la proximité et l'opposition, l'amour et la haine, la dépendance et le détachement.

Chaque geste, chaque amour, chaque peine, chaque trahison contiendra à l'intérieur de lui, cachée, la trace indélébile de cet attachement. Tout contre elle.

Ils se rencontrent sur une terrasse de café, place de la Comédie. C'est un samedi après-midi. Il fait beau. Attablée avec une de ses collègues et son petit ami, elle porte des lunettes de soleil pour cacher la fatigue de sa dernière garde à l'hôpital. Il apparaît sous le soleil de plomb, les bras ouverts en direction du petit ami. Bonjour mon ami ! Ça fait longtemps. Les deux hommes se font une longue accolade. Très naturellement, il se saisit d'une chaise qu'il enfourche sans poser la moindre question et commande un Perrier-Pac, une boisson montpelliéraine à base d'eau pétillante et de sirop de citron. Il ne se présente pas. À elle, il lui fait un baise-main. Elle met du temps à distinguer ses traits. À cause du contre-jour et parce qu'elle est astigmate. Partout où elle pose son regard se dessine un halo lumineux, rendant floue et imprécise la chose regardée. La lune est infiniment belle dans ses yeux. Une sorte de point lumineux aux milles résonances colorées.

Elle insiste en plissant les yeux derrière ses grandes lunettes noires. Il est beau avec sa peau bronzée, son visage de poupon et son nez droit, aux proportions parfaites. Quelque chose d'Alain Delon. Il porte une chemise italienne sans manches couleur crème et un pantalon en toile. Sous son col, brille une croix égyptienne. Elle lui demande s'il en est originaire. Moi, égyptien ? Non ! il répond de son accent chantant, toutes dents dehors. J'ai grandi avec les gitans, c'est eux qui m'ont fait cadeau de la chaîne. Puis il continue à déblatérer, sans qu'on l'ait invité à poursuivre, contant des histoires toutes plus abracadabrantes les unes que les autres. Ma grand-mère ne l'écoute déjà plus. Elle a l'extravagance en horreur. Elle préfère encore observer le halo lumineux des pigeons voler sur la place. Au bout d'un certain moment, c'est insupportable. D'une main qu'elle croit discrète, elle soulève ses lunettes avec l'intention de faire un signe d'exaspération à son amie. Et brusquement, il se tait. Non pas parce qu'il a intercepté le signal, non, il était trop égocentrique pour ça, mais parce que le bleu translucide des yeux de la jeune femme exaspérée venait de le souffler. Il ne reparle plus de l'heure qu'ils passent ensemble, puis poliment cette fois se lève, les salue et s'en va, laissant derrière lui un vide étrange, qu'elle ne saura jamais s'expliquer, comme un manque, imperceptible mais là, en creux.

Elle le croise à nouveau quelques semaines plus tard, à l'occasion d'une de ses rares sorties en discothèque. Elle aime ça pourtant, danser le rock, le twist et toutes les danses à la mode des années 60 inspirées d'animaux ou de gestes du quotidien, qui vont d'ici peu laisser leur place au disco, mais le rythme effréné de l'hôpital ne lui laisse que peu de temps libre.

Un cercle se forme sur la piste de danse. Elle grimpe sur une banquette pour épier plus confortablement. Il est au centre et y gesticule dans tous les sens, comme une poupée de chiffon, imitant tour à tour une gogo danseuse puis un mafieux italien, cigare en bouche. Tout le monde l'acclame. Cette fois, il faut avouer que ses pitreries la font rire. D'un rire oublié de l'enfance qui la libère d'un poids.

Ils commencent à se fréquenter de plus en plus souvent. Il y a une première nuit, puis une autre. Ce n'est pas vraiment sérieux, il n'a que dix-neuf ans, elle vingt et un. C'est un gosse et il l'amuse comme tel. Lui trouve en elle un port d'attache, une stabilité qui lui rappelle sa mère, une femme d'une générosité discrète qui a toujours tenu leur famille à bout de bras. Elle est l'infirmière rassurante, lui un disc-jockey un peu fou. Leur histoire grandit en silence, comme une plante au fond d'un jardin, fertilisée par une absence totale de promesses qui donne à certaines histoires un goût de liberté suffisant pour en être rassasié.

C'est un autre type de graine, à la poussée plus rapide et plus encombrante, qui vient précipiter les choses. Quand elle s'en rend compte, la grossesse est déjà avancée. Un avortement illégal bien trop compliqué. Lui en

l'école, juste pour partir cinq minutes avant les autres, être mise sur le banc, renvoyée au vestiaire. C'est pas que je n'aime pas le sport, c'est que j'ai besoin de me démarquer. Ou plutôt de me faire remarquer. Quand on a sport il faut marcher quelques mètres dans la rue jusqu'au gymnase. Je me mets toujours en fin de rang et j'allume une cigarette que je fume dans ma main. En cachette. N'importe quoi pour ne pas être comme les autres. Être différente, exceptionnelle, même un tout petit peu. Rien qu'une goutte. Dès qu'il s'agit du corps, ça pète aux yeux. Mais en vrai, je ne m'en rends pas compte. C'est plus tard, que je m'en suis rendu compte. Ça agace certains profs, en attendrit d'autres, avec qui je tisse un lien exceptionnel. Le prof de sport, je ne sais pas. Je crois qu'il s'en fout. Il s'en fout de tout. Quand on est en jogging tous les jours et qu'on porte un chronomètre en guise de collier, on s'en fout pas mal, de tout.

J'entends la porte des vestiaires qui s'ouvre. Plusieurs pas. Je m'apprête à tirer la chasse quand les voix commencent.

— Vous avez vu au début du cours comment elle s'est penchée en avant pour s'étirer ? Juste pour que le prof il voie son cul.

— C'est vraiment une pute cette meuf. Pas étonnant qu'elle soit enceinte.

— Mais tu penses que c'est vrai ?

— Bien sûr que c'est vrai. T'es aveugle ou quoi, regarde son ventre ! Elle ferme aucun de ses pantalons. Il paraît même que c'est des triplés.

Une nouvelle voix se fait entendre :

— Moi on m'a dit qu'elle s'était fait violer par Abel.

Rire général. Les deux autres à l'unisson :

— N'importe quoi toi !

— Ah le viol non mais les triplés, oui ? Vous êtes cheloues vous.

Rires, encore.

J'ai grimpé sur la cuvette par réflexe. Je ne respire plus. Des gouttes de transpiration perlent sur mon front. La nausée monte.

— Tu crois qu'elle va le garder ?

— J'sais pas, pose-lui la question ! Si elle t'éclate pas la gueule avant.

— J'avoue. Elle est vraiment folle.

Je sais que c'est précisément ce que je devrais faire. Redescendre de cette cuvette, ouvrir la porte d'un grand coup et leur éclater la gueule. Ou sortir comme si de rien n'était. Me laver les mains en silence face au miroir. Peut-être même leur adresser un sourire. Comme dans un film. Mais je suis tétanisée. J'entends mais je ne comprends pas. L'information bute à l'entrée de mon conduit auditif.

À mesure que les pas et les voix s'éloignent, je me recroqueville sur la cuvette et je pleure en silence. Les mots passent doucement la barrière. Ils tourbillonnent dans ma tête comme les feuilles mortes de l'automne.

Soudain je me redresse. Pose mes pieds au sol. La colère comme un choc électrique le long de ma colonne vertébrale. Mon poing droit dans la porte des toilettes. Puis mes jambes. Mes genoux. Mes pieds. La porte qui ne cède pas. La porte qui soutient la violence. L'écho du bruit. Les phalanges qui rougissent. Un peu de sang qui coule. Encore une bonne raison pour partir cinq minutes avant les autres.

Du plus loin que je me souvienne, je n'ai jamais voulu être un enfant. J'ai vécu l'enfance comme une très longue agression. Dans l'incompréhension absolue du droit des adultes à disposer de nos corps et de notre temps. Très vite, j'ai vu les femmes se taire derrière leurs cris. Les secrets, les silences. Très vite, j'ai compris les règles du jeu. La puissance qu'il fallait enfouir. Le regard des hommes. Longtemps, je n'ai rien pu en faire. À part espérer grandir le plus vite possible. Faire semblant d'obéir.

Pourtant, je m'en souviens bien, de mon enfance. Car s'il y a des gens sans enfants, il y a aussi des gens sans enfance. Je ne fais pas partie de ceux-là, j'ai été une enfant. Mais je n'ai jamais aimé ça.

Je suis née un dimanche 18 octobre dans la nuit. C'était l'année 1998, un vent de victoire et de liberté soufflait sur la France. On allait bientôt travailler 35 heures par semaine, Johnny Hallyday allumait le feu, Sinatra nous quittait, l'histoire d'amour de Jack et

Rose faisait naufrage, tout comme celle de Bill et Hilary Clinton, et Roberto Benigni nous rappelait, en cette fin de siècle, que la vie pouvait être belle.

Ma mère prenait un bain quand j'ai commencé à m'agiter dans son ventre. Nous sommes partis à la maternité Sainte Félicité du 15e arrondissement dans une vieille Fiat 500 prêtée par des amis. Ma mère était calme, mon père aussi. Et moi, j'étais pressée. Ils s'étaient mariés l'an passé, en bonne et due forme, à l'église avec les familles, la belle robe, les demoiselles d'honneur et tout le tralala. Mon père était arrivé une heure trop tôt. Seul sur le parvis de l'église, il avait cru s'être trompé d'adresse et, pris d'une atroce panique, avait couru au tabac le plus proche s'acheter un paquet de cigarettes alors qu'il ne fumait plus depuis plusieurs mois. C'est ce qu'elle aimait chez lui. Cette conscience anticipatrice, presque sacrificielle, qui le poussait toujours à être un peu à côté de la plaque. Il était loyal. Autiste mais fidèle. Comme un chien de compagnie. Elle l'avait choisi aux antipodes de son père. Lui aurait certainement été en retard à son mariage.

Après m'être élancée avec aplomb vers la sortie, je reculai à la dernière minute. Je n'aimais déjà pas aller au bout des choses. Caractéristique de ma personnalité qui m'a ensuite suivie tout au long de ma vie ; en jouant à des jeux, en voulant devenir psychologue, en tombant enceinte, en regardant des films, en écrivant ce livre. L'histoire de ma vie est une succession d'avortements.

Donc là, tête la première dans le vagin de ma mère, comme partout après, je ne voulais pas finir ce que j'avais entrepris. Et comme toujours, on a dû venir me chercher. J'ai senti se poser sur mon crâne mou l'acier de grosses pinces à barbecue, puis on m'a tirée un grand coup et je suis apparue. La tête légèrement déformée, abasourdie par le changement de lumière, le bruit ambiant et la température. Il était 3 h 26 du matin dans la chambre 326 et j'étais enfin là, nue, recouverte de sang et de morceaux d'utérus, collée contre le corps de ma mère. Au-dessus de moi, le visage de mon père bouleversé et l'ombre noire des bonnes sœurs qui œuvraient dans cet établissement en tant que sages-femmes.

Sur mon petit bracelet en plastique rose ont été inscrites les cinq lettres qui me détermineront, celles qui forment aussi l'anagramme du mot « aimer » et que je devrais partager avec des milliards d'autres femmes, à commencer par la mère de toutes les mères, l'immaculée conception, ces cinq lettres lourdes d'histoire et de significations, évocatrices de maternité, de sainteté et de virginité, recouvrant d'un voile transparent son monde corollaire, aussi vaste que secret : le sexe.

Il y a l'église Saint-Eustache. La rue Montorgueil. Les Halles. Châtelet. La rue Montmartre. Le Sentier. La rue Saint-Denis. La maternelle, l'école primaire, le collège, à quelques dizaines de mètres les uns des autres. C'est là que j'ai grandi au début des années 2000, dans le cœur de Paris. Le ventre de Paris. Il y a les bourgeois de la rue Montorgueil, avec les commerçants chers, les magasins de vêtements, et il y a les pauvres de la rue Saint-Denis, avec les sex-shops et les petites impasses sombres. On vit tous ensemble. Il y a le parc des Halles où on se retrouve le dimanche pour pique-niquer, le Happy Meal du MacDo, le Starbucks de seize heures. Il y a le bac à sable pour les tout-petits, le petit train pour les moyens, et le parc des éléphants pour les plus grands. Un parc où on est lâchés en liberté, les parents nous laissent à l'entrée. Ça sent la terre et les cailloux. On grimpe, on saute, il y a des grottes, des cascades d'eau, de la végétation partout, une piscine à balles, un serpent en pierre gigantesque, on s'amuse beaucoup.

Sur la place de l'église Saint-Eustache, qui fait la jonction entre les rues et le gigantesque parc des Halles, il y a la grosse statue d'un visage couché dans sa main. Juste ça, l'énorme tête, et l'énorme main. On l'appelle la place de la Tête. On nous y amène après l'école. Les nounous et les mamans discutent sur les marches de la fontaine et nous on escalade la tête. On se cache dans le creux de la main, on se hisse sur l'index en s'appuyant sur le pouce, nos pieds connaissent par cœur les endroits qui glissent, ceux où la pierre a été trop polie par le temps. Pour les plus téméraires il y a l'oreille qui donne un accès direct au crâne, de tout en haut on peut voir les pelouses qui s'étendent à perte de vue. Il faut ensuite redescendre par le nez puis la lèvre supérieure, ça fait vachement peur alors moi, je ne monte pas souvent.

Le monde de mon enfance se résume à ces paysages, il n'y a rien d'autre que le 2e arrondissement et un petit bout du 1er, derrière il n'y a rien, Paris n'existe pas dans son immensité. Je suis au centre de l'escargot, cachée dans sa coquille, et j'ignore le reste.

Il y a bien des photos et des vidéos de cette époque que j'ai retrouvées avec le temps. Il y en a même beaucoup. Ces images qui me racontent la vie heureuse à travers les yeux de mon père, tout à la fois présent et absent. Je crie souvent « papa ! papa ! », il ne me répond jamais, il me regarde, à travers son caméscope. Les plans sont stables, les zooms serrés sur mon visage, il ne rate rien de mes sourires, de mes surprises, de mes cascades, mais il ne me parle pas. Tout comme ces images ne me parlent pas de la vie qui s'accélère autour de moi, cette sensation bien précise restée emprisonnée dans mon enfance. Les voix et les gestes qui s'emballent et mon rythme à moi qui se décale, tout doucement, vers la lenteur, me donnant l'impression d'appartenir à un temps passé, contrainte d'assister à la vie qui file à toute vitesse, sans moi. Ce n'est pas désagréable, c'est juste comme ça. Voilà peut-être la seule chose qui me manque de l'enfance, le vécu brut de ces sensations spatio-temporelles sans recherche de sens ni explication scientifique décevante.

Ma mère est là elle aussi. Elle porte des lunettes fines, des chignons bas et des pulls à col roulé qui lui donnent des airs de secrétaire. Ses gestes sont ceux d'une maman : doux, tendres, évidents. Elle a l'air de comprendre que ce n'est pas elle qu'on filme et elle n'essaie jamais d'attirer l'attention de mon père, contrairement à moi.

Si ma mère était morte lorsque j'étais petite et que ces vidéos avaient été mon seul vestige d'une vie passée ensemble, j'aurais grandi avec le fantôme d'une mère discrète et polie, aux farces timides et aux rires contrôlés par la place qui lui a été assignée. Une mère un peu chiante en somme mais d'une douceur infinie. Peut-être m'y serais-je identifiée, peut-être aurais-je été tout à fait différente de celle que je suis devenue. Mais je n'ai pas connu la mort si tôt. Contrairement à elle.

Elle avait huit ans, comme moi sur les vidéos et comme sa cousine qui venait de mourir de la mucoviscidose. Elle ne comprenait pas vraiment ce que ça voulait dire, de mourir de la mucoviscidose. Sa cousine était là et puis elle n'a plus été là. Les adultes pleuraient. Surtout la grand-mère paternelle qui s'occupait des petits-enfants comme de ses propres enfants.

Ma mère était une petite fille joyeuse, calme, qui trouvait parfois les gens un peu cons. Elle l'écrivait dans son journal intime. Ma mère est con. Les gens sont cons. Sa semaine était rythmée par l'école, les copains et les devoirs, avec la coupure du mercredi qu'elle passait chez sa grand-mère. Ses autres grands-parents, elle ne les voyait que pour les vacances ou à de très rares occasions comme la mort de sa cousine. Ils ont fermé le restaurant quelques jours pour venir s'occuper d'elle. Dans cette famille, les enfants ne vont pas aux enterrements. Quand tout est redevenu normal, Jacques et la jeune femme en robe verte – qui n'était plus si jeune à l'aube des années 80 – sont repartis s'occuper de leur restaurant et elle a pu retourner passer ses mercredis chez sa grand-mère paternelle. Elle aimait cet appartement du centre de Montpellier rempli d'objets en porcelaine, le papier peint au mur et les gros fauteuils molletonnés. Quand sa cousine était vivante, elles s'amusaient toujours à se lancer des défis. Leur favori et le plus dur de tous : essayer d'ouvrir la porte d'entrée. Une lourde porte en bois massif qu'il fallait tenir fermement d'une main tout en tournant la clef dans la serrure. Elles y croyaient dur comme fer chaque fois, se promettant monts et merveilles si l'autre réussissait, mais chaque fois la porte demeurait close. C'est seulement à deux, leurs petites mains jointes, qu'elles parvenaient à déjouer le laborieux système. Elle aimait sa grand-mère aussi, la douceur de ses yeux, sa mise en plis impeccable, ses jupes droites, ses chemisiers en soie et ses gilets marron posés délicatement sur ses épaules. Elle était toujours très élégante. Toutes les deux avaient leurs petits rituels, surtout depuis que sa cousine n'était plus là pour jouer avec elle. Elle voyait bien comme les adultes essayaient de la consoler.

Un mercredi après le déjeuner, elle demande à sa grand-mère d'aller au marché. Elle y a repéré un bracelet en plastique rose qu'elle convoite depuis sans relâche. Ce jour-là, sa grand-mère lui dit non. Elle est fatiguée et a un peu mal à la tête. Ma future mère, contrariée, part s'enfermer dans la chambre des enfants en pleurant. Elle aurait pu écrire que sa grand-mère était con mais elle s'assoupit, fatiguée de ses larmes, son cahier ouvert sur son torse d'enfant.

Un grand boum la réveille. Le bruit de quelque chose de lourd qui a chuté au sol. Elle pense à la grosse malle qui contient les photos de famille, mais s'étonne de ne pas entendre sa grand-mère s'affairer pour la ramasser. Elle se lève en appelant « Mamie ». Plus un bruit dans l'appartement. Un boum et puis rien. Elle traverse les pièces. Personne. Arrivée à la salle de bains, elle trouve la porte à moitié close. Elle chuchote « Mamie » une dernière fois en glissant sa tête dans l'entrebâillement. Au sol, le corps de sa grand-mère gît. Droit. Le chemisier bien rentré dans la jupe, le gilet encore sur les épaules. Comme si elle s'était seulement assoupie sur le carrelage de la salle de bains. Élégante jusque dans la mort. Une serviette rose tombée sur son visage couvre la flaque de sang qui se répand depuis sa tête dans les interstices du sol blanc contre lequel elle s'est cognée. Instinctivement, la petite fille se met à courir vers la porte d'entrée. D'une main elle se saisit de la poignée, de l'autre de la clef, et sans rencontrer la moindre difficulté l'ouvre. Elle se précipite en tambourinant de toutes ses forces à la porte des voisins. Vite. Ma mamie a eu un accident.

Ensuite il y a eu les pompiers, l'hôpital. Un vacarme interminable contrastant avec le grand calme qui avait suivi la chute. Le rôle de la petite fille s'est arrêté là, au seuil de la porte des voisins qui l'ont gardée jusqu'au soir. On lui annonce que sa grand-mère est morte d'une rupture d'anévrisme. Ses autres grands-parents ferment le restaurant à nouveau pour s'occuper d'elle. Parce que dans cette famille, les enfants ne vont pas aux enterrements.

Je me demande souvent ce que j'aurais pensé d'elle, moi, si je l'avais connue. Dans le souvenir de ma mère, elle semble être la grand-mère idéale. Je me demande si elle se sent coupable aujourd'hui. Coupable d'avoir été là, fâchée dans sa chambre, pendant qu'elle tombait dans la salle de bains. Peut-être que c'est un peu de tout ça, la mort, la culpabilité, l'enfance, qui rend le souvenir de mon arrière-grand-mère si parfait.

Durant mon enfance je passe moi aussi mes étés non loin de Montpellier, à Carnon, une de ces stations balnéaires de la côte languedocienne dont la laideur poussée à son extrême était devenue le charme. Nous logeons dans un petit appartement au confort rudimentaire duquel on aperçoit la mer derrière la route. Mes parents et moi partageons l'unique chambre tandis que ma grand-mère Mina occupe le salon. Elle porte encore les cheveux courts, comme une couronne d'écume, et n'aime toujours pas les cases, alors le salon lui convient très bien. Depuis que je suis en âge de parler, je l'appelle Mina. Au début, c'était Mamie. Elle n'aimait pas. Ensuite ça a été Mamina, puis Mina. Maintenant, tout le monde l'appelle Mina.

L'austérité certaine de notre installation est adoucie par le plaisir d'être ensemble et les souvenirs qui peuplent chaque centimètre carré de l'appartement mêlés aux odeurs de crème solaire, de menthe à l'eau et de sel. On vit en maillot de bain à un rythme lent, dicté par le soleil, si bien que la plage et l'appartement finissent par se confondre en un seul et même espace, immense, bleu et doré. Le soir, on reste au bord de l'eau jusqu'à l'obscurité, emportant avec nous des kilos de sable qui s'invitent ensuite dans nos draps.

La famille de la région vient parfois nous rendre visite. Ils louent l'appartement en dessous du nôtre, plus spacieux mais infiniment moins charmant. J'ai cinq ans. Lucas, mon grand cousin qui doit avoir alors dix ou onze ans, me fascine. Il est beau. Plus beau que les autres garçons de l'école avec leurs petits zizis que nous apercevons parfois, ma copine Maëlys et moi, en nous infiltrant dans leurs toilettes. Ce mini truc qui pend entre leurs jambes intrigue Maëlys. Moi je m'en fous. En revanche, ce qui attise ma curiosité, ce sont les plus grands. Aussi bien filles que garçons. La courbe des hanches, la bosse du jean, les muscles dessinés, les seins qui pointent. À la plage, je m'en donne à cœur joie. Les boucles noires de Lucas qui encadrent son visage caramélisé par le soleil dansent au vent. J'admire ses mains s'enfoncer dans le sable chaud avant d'en saisir une poignée qu'il laisse couler entre ses phalanges. Ses doigts sont longs et osseux, ils ne sont pas potelés comme les miens. Je suis amoureuse de Lucas. Et lui il m'adore. Alors j'en profite. Le soir je demande souvent à dormir avec lui, prétextant des cauchemars. Je l'attends ce qui me semble être une éternité, étendue sur le lit comme une princesse dans sa tour. Je ne fais pas beaucoup plus d'un mètre et j'ai les cheveux coupés au carré mais je m'imagine gigantesque, avec les seins qui pointent et une crinière de cheveux dorés assez longue pour être lancée par la fenêtre. Souvent je m'endors avant qu'il me rejoigne. Parfois il ne vient pas. Mais il est arrivé, pour mon plus grand bonheur, qu'il pousse la porte avant que je ne dorme et qu'il se glisse à mes côtés. Une nuit, il m'a même fait des caresses fraternelles sur l'avant-bras en me chuchotant « je suis là, aucun monstre ne te fera de mal ». La princesse était sauvée mais, dans le bas de mon ventre, des papillons cognaient si fort contre les parois que j'ai eu peur d'exploser. J'ai dû faire semblant de m'endormir pour qu'il arrête. Ça fait donc ça, les grands garçons.

Au retour des vacances, le vertige des papillons me manque. Je me glisse le soir hors de mon lit sur la pointe des pieds, effleurant chaque latte de bois du parquet que je connais par cœur, évitant celles qui craquent le plus fort, jusqu'à l'entrée où il faut être particulièrement précautionneux car la forme du bois change, passant de verticale à horizontale et créant une nouvelle symphonie de craquements. Là, la latte la plus large. Je m'y installe, accroupie dans la pénombre, les genoux joints dans ma chemise de nuit. Quelques mètres plus loin, la lumière bleue de la télévision éclaire la silhouette de mes parents. Ils regardent, avec moi qui les regarde les regarder, tous types de films, de *Shining* au *Journal de Bridget Jones* en passant par *E.T.* Mes préférés sont ceux qui racontent l'histoire de jeunes femmes blondes comme moi, dans les yeux desquelles je peux deviner les papillons tandis qu'elles embrassent de beaux bruns aux manteaux de cuir. Je m'abreuve de ces récits de femmes qui portent des jupes et du rouge sur les lèvres, dévouées à leurs amours et à leur garde-robe, tout en tentant de devenir avocates ou journalistes, toujours intelligentes mais pas trop, gaffeuses mignonnes, irrésistiblement à côté de la plaque. J'observe chaque détail, chaque attitude, je devine les odeurs de crème hydratante, de parfum vaporisé sur un chemisier en soie, la sensation du rasoir sur la jambe dans la baignoire, et celui du gloss appliqué en hâte dans un taxi. Je n'en connais jamais la fin, car je retourne toujours me coucher avant que mes parents ne s'aperçoivent de ma présence. Avant de dormir, je prie pour me réveiller grande.

Quand j'ouvre les yeux, blottie sous ma couette fleurie, j'inspecte mon corps. J'agite mes orteils, toujours aussi petits. Bon. On peut être grande et avoir des petits pieds. Je remonte mes mains jusqu'à ma poitrine en espérant y trouver du volume, mais rien. Toujours ce torse de petit garçon. Alors je me lève en espérant voir au-dessus de la rangée de doudous qui trône sur l'étagère en face de mon lit. Mais la ligne d'horizon de ma chambre n'a pas changé non plus. Mon père est toujours aussi grand et les doudous, toujours inaccessibles. Contrairement aux autres enfants, je mange tout ce qui est bon pour faire grandir. J'engloutis avec plaisir chaque aliment vert qui passe sous mon nez, même les épinards. Je ne grandis toujours pas, mais au moins je me forge une réputation d'enfant agréable qui « mange de tout ». Mon seul champ d'action : mes ongles. Je les laisse pousser très longs et refuse que ma mère me les coupe. Ça, ça fait dame.

Sur une place entre la rue Montorgueil et la rue Saint-Denis, il y a mon école maternelle. C'est ma dernière année dans cette école. Ensuite, ça sera le CP. On y croise des petites personnes agitées qui entrent et sortent du bâtiment, petit, lui aussi, et des garçons de la rue comme on les appelle, qui traînent sur les bancs de la place, tenant du bout des doigts des bouteilles d'eau remplies d'un liquide orange et des cigarettes odorantes. Le matin tôt et en fin d'après-midi, on assiste à la cohabitation joyeuse et silencieuse de ces deux mondes. À l'intérieur de l'école, tout est aussi petit que ses occupants. Il y a des petites rampes pour les escaliers, des petites chaises, des petites toilettes, des petites tables. Les grandes personnes y circulent avec disgrâce, comme on marcherait dans une maison de poupées.

Un jour, dans la cour de récréation, alors que je joue à chat avec ma meilleure copine, Maëlys, l'ongle de mon auriculaire vient se planter dans la chair de sa joue. Elle pleure, il y a du sang. Je reste hébétée, désolée. « Je n'ai pas fait exprès, j'essayais de t'attraper ! » Maëlys a trop mal pour me répondre, mais je sais qu'elle ne m'en veut pas. On se connaît bien, c'est ma meilleure copine, on s'habille souvent pareil. On partage tout, même les poux. Il faut quand même soigner sa joue.

J'espère seulement qu'elle va arrêter de pleurer rapidement, pour expliquer que je n'ai pas fait exprès. Sinon je vais me faire gronder. Et ça ne loupe pas. Devant les maîtresses qui réclament le ou la responsable de la balafre, elle balbutie en reniflant « Marie ». Martine, la maîtresse des grands qui sent la fleur d'oranger, change de visage et m'attrape par le poignet. Ses traits se déforment, le rouge lui monte aux joues, mais pas le rouge un peu rose de quand un garçon nous dit qu'on est jolie, non, le rouge cramoisi de la colère. À grandes enjambées elle parcourt le préau en me traînant derrière elle. Elle crie, beaucoup. Et moi je pleure, beaucoup. Arrivées devant la boîte à pharmacie, je crois comprendre qu'elle va me demander de soigner Maëlys. Avec plaisir, c'est ma meilleure copine, on s'habille souvent pareil. Mais, de la caisse blanche marquée d'une croix rouge, Martine n'extrait pas le liquide rose qui sent bon la piscine. Elle en sort un petit objet argenté qui ressemble à un instrument de torture. Un à un, elle me débarrasse avec brutalité de mes apparats de dame qui tombent sur le plastique pailleté du sol du préau. Depuis ce jour-là, Maëlys a une cicatrice sur la joue. Et moi je me ronge les ongles. Ça fait donc ça, les dames.

Au contact de certains objets, je découvre de nouvelles sensations. La laine d'un pull fait tressaillir ma peau, formant plein de petites billes à sa surface sur lesquelles mes poils blonds se dressent, l'air frais pénétrant sous ma chemise de nuit me chatouille le bas du corps, parfois même jusqu'à m'en faire rire, je fais connaissance avec la douceur de mes lobes d'oreilles, je cherche de la chaleur au creux du pli qui délimite la frontière entre mes fesses et mes cuisses, je m'amuse à attraper la fine couche graisseuse qui recouvre le dessus de mes genoux. Sous la douche, je laisse l'eau couler depuis le sommet de ma tête jusqu'à mes pieds, je joue avec la force des différents jets d'eau du pommeau de douche que je balade sur l'ensemble de mon corps, passant du très froid au très chaud, jusqu'au jour où je trouve, caché entre deux petites forteresses, un minuscule amas de chair qui ressemble à un bouton. À son contact, un courant électrique me traverse, provoquant un soubresaut comme lorsque l'on touche, avec la petite pince reliée à un fil rouge, les bords en métal des plaies du docteur Maboul. Je suis si surprise que je n'ose pas y retoucher. Peut-être qu'il faut l'arroser, comme une fleur, alors j'en approche doucement le filet d'eau qui ne me fait pas sursauter comme la première fois. C'est plus doux. Je me laisse guider par ce courant chaud qui emplit progressivement mon corps, retrouvant les papillons laissés dans la chambre des vacances d'été, cette fois-ci ils ne se cognent plus contre les parois, ils montent et ils descendent à mesure que la sensation, pareille à une chute de sable, douce, lente mais inarrêtable, grandit en moi, encore et encore, jusqu'à l'éclosion.

Je reste abasourdie. Je viens de découvrir un nouveau continent, plus vaste encore que l'Amérique, il faut que je partage les résultats de cette exploration, tout de suite. « Maman ! »

C'est la canicule. On me dit que des vieux meurent. Pour l'instant, je ne comprends pas comment on peut mourir de chaud. Ils devraient arrêter de bouger et boire de l'eau, c'est tout. Je n'ai pas encore réalisé que ce mois de chaleur va embraser beaucoup de vies, y compris la mienne.

Quelques mois auparavant, en classe, on nous donne une consigne. Dessiner sa famille. Maëlys utilise des gommettes, du sable et de la peinture pour représenter son père, sa mère, son petit frère et son chat, Spaghetti. Moi, je choisis de l'encre de Chine, de la terre de Sienne et du papier journal. Je ne suis pas la consigne puisque je ne dessine qu'un personnage. Ma mère. Immense, elle occupe tout l'espace de la toile. Je ne la représente pas avec une couronne sur la tête ou de longs cheveux, comme à l'ordinaire. Là, c'est plutôt un garçon. Un bonhomme bâton comme on dit. Je forme un très grand ovale, son ventre. Au centre, je découpe et y colle le titre du journal *Le Monde*. Je l'entoure ensuite de terre de Sienne. C'est pas facile à faire tenir sur du papier, mais la couleur me plaît. En fonction du nombre de couches elle peut être ocre, brune ou rougeâtre. Quand la maîtresse me demande ce que j'ai dessiné je réponds « Mon petit frère dans le ventre de ma mère ».

On est vendredi et le vendredi c'est ma mère qui vient me chercher. Lorsqu'elle se présente à la porte de la classe, j'essaie de l'empêcher de discuter avec la maîtresse, « Allez maman, on y va ! ». Je ne veux pas être démasquée. J'ai désobéi à la consigne. Mais pendant que je tente de la traîner dehors, la maîtresse s'approche doucement de nous et lui chuchote : « Félicitations, je ne savais pas que vous étiez enceinte. — Mais je ne suis pas enceinte. » La maîtresse se décompose en croyant faire une gaffe, et moi aussi. Puis elle lui adresse un demi-sourire désolé assorti d'un regard entendu. Elle pense que ma mère a perdu un enfant, que je ne le sais pas mais que je viens de leur faire passer le message. Les maîtresses lisent trop Françoise Dolto. J'espère qu'on va en rester là, ça a l'air de faire plaisir à l'ego de la maîtresse. Mais c'est sans compter sur le franc-parler de ma mère. « Je vous rassure, je n'ai pas fait de fausse couche et je n'ai pas perdu d'enfant. Et pour le moment, je ne suis pas enceinte. Marie a seulement très envie d'avoir un petit frère ou une petite sœur. » Mince. J'ai honte mais personne ne me dit rien. Nous repartons avec mon dessin enroulé dans un tube. À la maison, ma mère me confronte : « Pourquoi est-ce que tu as dessiné ça ? » Il faut que je m'en sorte coûte que coûte. Tout sauf avouer que j'ai désobéi. Je viens tout juste de découvrir le concept du mensonge et ça marche plutôt bien sur les grandes personnes alors je tente le tout pour le tout : « Bah ! Parce que tu es enceinte, maman. » Elle s'accroupit : « Non mon cœur, je ne suis pas enceinte. Peut-être bientôt, mais pas tout de suite. » J'insiste : « Mais si, mais si. »

Ma mère ne se sent pas bien. Elle a des nausées et pleure pour un rien – mais ça ça ne change pas beaucoup de d'habitude – et ses seins pointent beaucoup. Elle fait un test de grossesse. Elle est enceinte de plusieurs semaines déjà. Moi, je passe du statut de mythomane à devin. Je découvre au passage les prémices de ma condition féminine. Entre le bûcher et l'adoubement, il n'y a qu'un pas.

Quand on m'annonce, que dis-je, quand on me confirme la venue de ce petit frère, je saute de joie. J'y vois l'occasion ou jamais d'être grande. Je fais ce qui me semble être un calcul mathématique : il ne peut y avoir plus d'un bébé sous le même toit. Mais je n'ai pas particulièrement envie d'être une grande sœur, non, je me sens plus dame que ça. Moi, je me sens prête pour être mère. Chaque Noël, on regarde un film sur la vie de Jésus, celui avec Christian Bale. Je ne crois pas que l'on soit vraiment chrétiens mais il y a des choses qui importent à ma mère, ça, le sapin aussi, que l'on doit décorer tous ensemble, avec de la musique de Noël, de la tisane et des gâteaux, ce même goûter qu'on met dehors pour le Père Noël quand arrive la soirée du 24, avec des carottes pour les rennes. Ils laissent toujours derrière eux, en gage de leur passage, quelques miettes et un reste de tisane froide. Dans le lit, lovée contre ma mère, je découvre l'histoire de cette autre Marie, belle sous son voile. Je me dis que lorsqu'on porte ce prénom, on n'a pas besoin d'un vrai amoureux pour faire un bébé, alors à quoi bon attendre d'être grande. Le soir, dans mes prières de puberté, j'y ajoute le ventre rond, allez Dieu sois sympa, je suis vierge et je m'appelle Marie, si tu l'as fait pour elle, tu peux le faire pour moi. Je l'appellerai Jésus, c'est promis. En attendant qu'il m'exauce, je me prépare donc à être la deuxième mère de cet enfant. Je m'assure d'ailleurs immédiatement que j'aurai toute la liberté nécessaire pour le changer, lui donner le biberon. J'ajoute qu'évidemment je prendrai la place en haut du lit « posé », il ne faudrait surtout pas qu'il tombe. Mes parents me disent que c'est un secret pour le moment et que c'est moi qui l'annoncerai à mes grands-parents plus tard, à Noël. Bien sûr que c'est moi qui leur annoncerai. Puisque JE vais avoir un bébé. Je demande si je peux le dire à Maëlys. C'est tout de même ma meilleure copine et on s'habille souvent pareil. Je peux.

La grossesse me fait vite déchanter. La réalité du ventre qui enfle fait violence à mes prières. Je comprends que rien de tout ça ne sera à moi. Pire, que tout ça sera en grande partie sans moi. Le bébé n'est pas encore là que tout tourne déjà autour de lui. Dans la rue, lorsqu'on croise des amis, je suis celle que l'on regarde en dernier. Après le ventre et après maman. Il y a plein de choses qu'elle ne peut plus faire : comme manger des sushis ou jouer avec moi. Pour les queues c'est pratique, on peut doubler tout le monde, mais à Disneyland elle n'a pu faire aucune attraction. Je l'ai laissée chaque fois au bord du tapis roulant, avec les dames en jupe longue et les odeurs de pop-corn et de barbe à papa. Les attractions n'avaient pas la même saveur sans elle et pour la première fois je voyais les mécanismes derrière les gestes maladroits et répétitifs des poupées, les tuyaux en aluminium au plafond, les vis, les clous. Je m'efforçais de regarder droit devant mais il était trop tard, l'enchantement n'était plus et ma nuque se tordait sans cesse dans le sens opposé à la direction des rails, obligeant mes yeux à participer à cette chasse au simulacre. Mon monde, tout doucement, se fissurait.

Le 2 juillet 2003, je suis au centre aéré. J'y vais souvent en ce moment puisque ma mère est à l'hôpital. Le bébé ne veut pas sortir. Sa naissance devient une notion très abstraite. Le mot frère ne représentant presque rien d'autre qu'un ventre déformé, au mieux, une poupée en plastique ou un petit enfant qui joue. Rien de très réel. Rien de très humain. Aussi, je déteste le centre aéré, particulièrement celui-là qui n'est même pas dans mon école. À cette date, je devrais déjà être à Montpellier avec ma grand-mère Mina. Je sens que ce « frère » va contrarier mes vacances, et potentiellement ma vie. Il fait trop chaud pour jouer à chat. Le pays imaginaire de Peter Pan n'est qu'un vulgaire camp peuplé d'enfants abandonnés qui traînent la patte sous la chaleur écrasante de la canicule. Une dame s'approche de moi et me demande de la suivre. Je pénètre dans un préau inconnu, je n'ai aucun repère. Elle s'accroupit devant moi. C'est une vilaine manie des grandes personnes de s'accroupir en face d'un enfant comme on s'accroupit devant un chien pour le caresser, qui va souvent de pair avec une articulation lente et appuyée, comme si, par magie, on allait oublier instantanément notre petite taille, et notre cerveau par la même occasion. Les grandes personnes sont beaucoup plus naïves que les enfants, tout en étant persuadées de l'être moins, ce qui fait de l'humanité une immense farce. Avec une voix douce, lente et appuyée elle me dit : « J'ai une grande nouvelle pour toi. Ton petit frère est né. »

Elle me sourit en ouvrant les bras. Comme si j'allais m'y jeter. Comme si nous allions vivre un moment de joie partagée, cette dame que je ne connais pas et moi. Je la regarde d'un air interrogateur, sans bouger. Soudain, c'est comme si ma famille entière était à l'intérieur d'elle, cachée dans chaque recoin de ce visage. Tous ont revêtu son apparence. Celle d'une étrangère. Une dame que je ne connais pas me parle d'un homme et d'une femme qui viennent d'avoir un enfant. Je pourrais être contente pour eux mais je m'en fous. Je ne les connais pas.

Ses mots résonnent dans le désordre. Grande. Né. Petit frère. Nouvelle. Je n'y comprends rien. De quoi s'agit-il ? Qu'est-ce que c'est que ce préau ? Cette école qui ressemble à la mienne mais qui en est une autre ? Ces enfants qui pourraient être mes camarades et qui pourtant n'ont pas leurs visages, ni leurs voix ? Et moi, ils sont où sont mes parents ? Ils doivent venir me chercher pour rentrer à la maison, où je vis avec eux, seule. Je vais aller prendre mon bain, seule, puis je vais aller jouer dans ma chambre, seule, et me coucher dans mon lit qui n'est certainement pas un lit « posé », seule.

Quand un monsieur arrive à la fin de la journée en se présentant comme mon père, je ne le connais toujours pas. Je lui demande si je peux dormir chez Maëlys, en attendant que mes vrais parents viennent me chercher. Je déteste dormir chez mes copines mais ça sera toujours mieux que de dormir chez un inconnu. On m'a de toute façon toujours dit de ne jamais parler à un inconnu. J'aimerais bien que Peter Pan arrive là tout de suite, pendant que Maëlys dort. Je ne ferais pas de bruit, je lui recoudrais son ombre et puis nous partirions en volant, loin du centre aéré et de la chaleur, au vrai pays imaginaire, celui du conte, celui où les vieilles personnes ne meurent pas et où les petits frères ne naissent pas.

Pour se faire pardonner de m'avoir remplacée, mes parents m'offrent un chat électronique blanc. Ce n'est pas une simple peluche inerte, il peut miauler, se déplacer et faire semblant de boire du lait avec sa petite langue en plastique. Un robot censé m'occuper pendant que ma mère vide ses seins pointus dans la bouche grande ouverte de cette chose rose qui hurle sans cesse, laissant apparaître une langue faite, elle, de chair et de nerfs. Dès le premier jour, je m'assois à califourchon sur le dos du chat et attrape sa tête entre mes deux mains. D'un geste assuré, je la tire de toutes mes forces vers la droite. Les fils électriques se tordent sous la pression de mes doigts quand soudain crac, la tête du chat me fait face. Je lui ai tordu le cou.

Au parc des Halles, je repère les plus petits, ceux que je trouve mignons. Je m'approche en silence et me place derrière eux, je jette un coup d'œil autour de moi pour être sûre de ne pas être vue puis je les pousse. Ils pleurent. Alors je leur demande ce qu'il s'est passé et je les prends dans mes bras pour les consoler.

Madame Harroch, ma maîtresse de CP, a l'air de comprendre mon envie de devenir une dame le plus vite possible. Un jour, elle vient prendre un café à la maison. C'est étrange de la voir assise dans le canapé avec sa jupe plissée. Deux mondes que je pensais bien séparés, celui de la classe et celui de la maison, se rencontrent sous mes yeux. Je me tiens à côté d'elle, toute droite, comme on présente son fiancé à ses parents. En raison de mes progrès rapides en lecture et en écriture, Madame Harroch propose de me faire sauter une classe. Mes parents sont réticents. En cours d'année, ils ne trouvent pas raisonnable de me bousculer ainsi. Elle les convainc en leur précisant que je ne changerai pas de classe, étant dans un double niveau, je passerai seulement du côté gauche, celui des CP, au côté droit des CE1. Je resterai donc avec Madame Harroch, dans sa classe. Ça rassure mes parents et moi ça me terrorise. Je pense tout de suite aux autres élèves, j'ai peur d'attiser les jalousies de mes copines, d'être rejetée. Les enfants peuvent se montrer si cruels et c'est encore un truc que les adultes semblent oublier, trop occupés à faire la guerre entre eux. Une cour de récréation est un champ de bataille permanent. Les pays qui s'affrontent, de sacrées dictatures. Le moindre faux pas nous conduit sur la place publique pour une exécution sommaire, sans autre forme de procès.

Je passe du côté des CE1. Seulement quelques mètres me séparent de mon ancienne table mais ici, tout me semble plus hostile. Le néon au-dessus de ma tête répand une lumière blanche sur mes cahiers alors que l'ancien était jaune comme un coucher de soleil d'été, mon voisin, qui fait deux fois ma taille et trois fois mon poids, ne sent pas bon du tout, je préférais Kenza, même si elle faisait des choses un peu bizarres, comme retourner ses paupières ou se couper les cheveux avec ses ciseaux jusqu'au jour où elle a fini par se sectionner un bout d'oreille. Le plus difficile, c'est que je ne suis plus à côté de la fenêtre par laquelle j'aime laisser s'échapper mes pensées. À vrai dire, je n'ai plus le temps de rêvasser tout court. Si je m'en sors plutôt bien en écriture et en lecture, c'est beaucoup plus difficile dans les autres matières.

Avant le CP, il me tardait de savoir déchiffrer les mots autant qu'il me tardait d'avoir des seins pointus. J'essayais tant bien que mal d'associer l'amas de lettres des magazines féminins de ma mère aux images de ventre plat, de chaussures à talons et de vernis à ongles qui y étaient accolées, sans succès. Les lettres restaient des unités flottantes dont le sens m'échappait inévitablement.

Très vite, j'ai fait des progrès. Mon environnement est devenu un site de rencontre linguistique. Je débusque chaque nouvelle syllabe et tente de lui trouver le bon partenaire. Un mariage réussi forme un mot, ses déclinaisons leurs enfants. Ainsi, j'enrichis mon répertoire. Les objets qui m'entourent quittent leurs enveloppes corporelles pour devenir des mots dans mon esprit. Je ne vois plus jamais une lampe. Je vois le mot « lampe ». Plus rien n'est comme avant. Je comprends soudainement les limites de l'espace car je peux déchiffrer les noms de rues et les panneaux. Les mots résonnent dans ma tête, j'ai l'impression de débloquer un niveau dans un jeu vidéo. Les petits cadenas sautent.

C'en est fini de l'ennui, mon appartement se transforme en brocante géante. À l'aide d'un papier et d'un stylo, je consigne chaque objet destiné à être vendu à des visiteurs. Je commence par l'entrée, puis ma chambre, la cuisine, la salle de bains et je termine par le salon. D'un pot de crème à une plante en passant par mon petit frère, tout, absolument tout peut être vendu. Dans le salon, la bibliothèque me pose problème. Je ne sais pas si je vends l'ensemble ou chaque livre un à un. J'en saisis quelques-uns au hasard et les ouvre. À l'intérieur, sont regroupés plus de mariages de syllabes que la mairie de Paris ne compte de livrets de famille. Page après page, je découvre que l'arbre généalogique s'étend à l'infini. Je m'initie au plaisir de la phrase, chaque mot a non seulement un sens, mais ensemble, ils créent une histoire. Ce n'est pas tant leur contenu qui m'exalte mais le simple fait de réussir à les comprendre.

Sur mon petit calepin, je rajoute à mon tour une histoire à chaque objet de la brocante. La « table à manger », mise en vente pour la modique somme de 38 000 euros, devient – je vous épargne les fautes d'orthographe – la « table à manger en bois qui était à un roi avant ». Tout de suite, on comprend mieux le prix. J'applique ce concept à tous mes jeux, noircissant des cahiers de listes diverses. En monitrice d'équitation, j'associe chaque cheval à une cavalière en fonction de leurs personnalités respectives : « Tonnerre. 7 ans. Pur-sang arabe. Alezan. Fougueux – Camille. 16 ans. Courageuse » ; quand je suis un peu plus grande, en assistante de mode, j'apprends les répliques du *Diable s'habille en Prada* par cœur puis je recopie « Appeler Demarchelier. Trouver le manuscrit du dernier Harry Potter. Rapporter quatre cafés au lait sans sucre » ; en maîtresse d'école, je dispose mes peluches en quinconce et je prépare mes leçons d'écriture. Mais je ne leur fais pas cours, tout comme je ne demande pas à Camille de passer du trot au galop et je remets encore moins le manuscrit du dernier Harry Potter aux filles de Miranda Priestly sur un quai de gare. En fait je ne joue pas. Je ne joue jamais vraiment. Il n'y a que les mots qui m'intéressent, ceux qui sont dans ma tête et que je peux désormais coucher sur du papier. J'essaie parfois, mais je m'essouffle vite. Ma voix s'étire avant de s'éteindre complètement pour laisser place à un immense vide. Quand Maëlys vient à la maison, ce n'est jamais un moment très agréable. Elle veut souvent jouer aux Barbie ou au docteur, et moi, je n'y arrive pas. Je la suis jusqu'au « on disait que » puis je fais semblant. Je vois bien qu'elle s'en rend compte, elle doit penser que je n'ai pas d'imagination. Pourtant, le monde qui m'entoure s'anime, prend vie et forme dans ma tête. Le gros ours Brun qui trône sur la malle de jouets inutilisés, c'est Madox, mon amoureux. La fourmi en plastique plus grande que moi, là, posée sur la chaise, s'appelle Ennasse, c'est ma copine adorée. Un matin, je l'ai retrouvée morte, tout aplatie sur le sol, vidée de son air, et je ne m'en suis jamais remise. Même mes feutres et mes crayons de couleur sont mes amis. J'en prends grand soin, je les taille et n'appuie jamais fort sur leurs mines où se logent leurs cerveaux. Je ne supporte d'ailleurs pas de les prêter aux autres enfants qui leur écrasent systématiquement la tête sur leurs dessins. Quand je colorie, pour ne pas les vexer, je n'en choisis jamais un au détriment d'un autre, je ne voudrais surtout pas que le rouge pense que je le préfère au violet. Mon rituel est très précis. Je ferme les yeux en agitant ma trousse pour les mélanger, puis je les en sors, toujours les yeux fermés, les étale à plat et prends le premier en commençant par la gauche. Une fois utilisé, je le replace à la fin de la queue. Et ainsi de suite. Mes soleils n'ont jamais été jaunes.

Tous ces copains, je ne ressens simplement pas le besoin de leur parler à voix haute, ni d'élaborer avec eux des actions comportant un début, un milieu, une fin, ça ne m'intéresse pas de faire semblant, je préfère préparer, prendre des notes et patienter, jusqu'à ce que j'aie le droit moi aussi d'être une amoureuse, une maîtresse d'école, une assistante de mode ou une brocanteuse.

J'essaie de rattraper mon retard du premier trimestre, ce qui implique que je dois beaucoup étudier à la maison. En fait, je découvre que je n'ai jamais travaillé. Jusque-là, j'ai toujours fait mes devoirs avec plaisir, n'y rencontrant pas de difficulté majeure. D'ailleurs, mes parents n'ont jamais regardé dans mon cahier de texte, c'était un pacte avec eux, j'aimais mon autonomie. Là, seule, je ne m'en sors plus mais je ne le dis pas. De meilleure élève des CP, je deviens la pire des CE1. Et ça me rend triste.

Aux vacances d'avril, nous partons au ski. Mes parents ont toujours aimé partir au ski en avril, quand la moitié des pistes sont fermées mais qu'au moins, on est sûrs de bronzer. Parce que c'est moins cher aussi. Le dernier jour, madame Harroch glisse dans mon cartable les tables de multiplication qu'il faut absolument que j'apprenne par cœur avant de revenir en classe.

Mes camarades, de septembre à avril, ont débuté doucement par la table de 2 puis la table de 3 et ainsi de suite. Moi je dois toutes les apprendre d'un coup. De 2 à 6 je m'en sors plutôt bien, c'est comme une piste bleue. La suite s'avère beaucoup plus compliquée. Les chiffres refusent de rentrer dans ma tête. Et le matin avant le ski, j'ai envie de regarder un dessin animé, certainement pas d'apprendre des foutues tables de multiplication.

Le jour où je m'attaque à la table de 9 alors que je ne connais toujours pas les précédentes, je pars skier avec mon père. J'enchaîne les chasse-neige sur des pentes douces. Mon père est né à Toulon mais a déménagé toute sa vie à cause du métier de son père, peintre en construction navale. Aussitôt qu'il se faisait des copains, il devait les quitter et même s'il refuse ce constat, moi je sais que ça l'a traumatisé, puisque maintenant, non seulement mon père n'a pas d'amis mais il déteste bouger de la maison, même pour partir en vacances. En tout cas, il a habité à peu près partout en France dont en Savoie une bonne partie de son adolescence. Quand on vit à la montagne, on skie tout le temps. Pour se faire de l'argent de poche, il est même devenu professeur de ski. Je l'imagine dans son ensemble rouge, faisant tourner les têtes de toutes les jeunes filles aux alentours. Des années plus tard, il a laissé tomber le rouge pour skier en jeans, il dit qu'il s'y sent plus à l'aise que dans les combinaisons molletonnées. Étrange créature. Il skie toujours très bien. Mais ce jour-là nous nous perdons, si bien que nous n'avons d'autre choix que d'emprunter une piste noire pour redescendre vers la station. Une piste noire en chasse-neige ? Tu dérailles, papa. La pente est si inclinée qu'elle ressemble à une falaise. Tout en haut, on ne la voit même pas puisqu'elle forme un angle droit. J'ai beau avoir des difficultés avec les multiplications, je comprends que mathématiquement, ce n'est pas possible qu'un corps humain tienne et se déplace à l'horizontale. C'est la mort assurée. Les autres skieurs nous scrutent bizarrement, comme on regarderait une enfant dans une boîte de nuit échangiste. Mon père me dit : « Allez ma puce, on y va, pas le choix. » Je refuse. Alors il se place derrière moi, me cale entre ses jambes, mes skis à l'intérieur des siens, et sans que j'aie le temps de protester, il nous élance d'un coup sec sur la piste. J'ai littéralement l'impression de sauter en parachute. Sans parachute. Heureusement que je suis encore à un âge où on perçoit son père comme un super héros. C'est ma seule garantie de ne pas mourir. Je ferme les yeux de toutes mes forces et tente de réciter la table de 9 pour penser à autre chose pendant que nos skis raclent le verglas. Je me trompe une première fois. On tombe. Je pleure. On repart. Je me trompe une deuxième fois. On retombe. Je pleure à nouveau. Tu comprends pourquoi on skie en combinaison et pas en jean maintenant, papa ? Il est trempé. Ceci dit moi aussi. De la neige s'est infiltrée dans mes gants, je ne sens plus mes doigts. Et on ne voit toujours pas le bout de la piste. Chute après chute, nos corps s'épuisent. À un certain point, mon père me dit de déchausser. Quoi ? « Enlève tes skis je te dis et donne-les-moi. » Ça y est, il m'abandonne. Je vais mourir là dans la neige, en récitant la table de 9.

« On va finir à pied. » Je suis soulagée, le calvaire se termine enfin. Sauf que mon premier calcul était le bon, un corps humain ne peut pas se déplacer à l'horizontale. On descend donc la piste allongés par terre, en roulant. Je pleure encore, mais de rire. N'empêche que j'ai eu vachement peur. Quand on arrive enfin à l'appartement, j'ai très mal au ventre. Le lendemain, la fièvre s'empare de moi. La simple vue de mes tables de multiplication me renvoie illico sur cette piste noire et je refuse catégoriquement d'y toucher à nouveau. Je ne connais toujours pas la table de 9.

Ce mal de ventre ne me quitte jamais vraiment, pas même au retour des vacances. Je ne veux pas retourner en classe, je n'aime plus l'école. La peur est un sentiment que j'ai déjà rencontré auparavant, mais là c'est autre chose. Ça ne vient pas du dehors, ça vient du dedans. Loin dans mes entrailles. Tout mon corps est traversé par une fumée noire qui embrume jusqu'à mes pensées, m'empêchant au passage de respirer. Elle occupe l'espace et le temps. Je voudrais qu'elle sorte de moi, la cracher par mes narines comme un dragon. Le matin, ce n'est plus ma poitrine que je tâte mais mes côtes qui sont en train de se refermer sur elles-mêmes dans ma cage thoracique, étouffant mes poumons et mon cœur que je sens remonter jusque dans ma gorge. Je vomis souvent. Quand je regarde dans la cuvette des toilettes après, j'espère y voir un peu de fumée noire tout en redoutant d'y trouver mon cœur. Mes parents, alarmés par mon état de santé, prennent rendez-vous avec madame Harroch. Ils décident tous les trois de me rendre à Kenza et son oreille coupée. Progressivement, la fumée noire quitte mon corps, s'échappant par ma fenêtre adorée. Je pense être sortie d'affaire, seulement, je ne la vois pas contourner les arbres de la cour de récréation puis descendre le long des murs avant de se tapir dans la bouche d'égout, attendant patiemment le bon moment pour ressurgir, guettant la moindre faille pour rentrer en moi et s'insinuer partout, sous des formes chaque fois différentes qui la rendent toujours plus difficile à repérer, impossible à chasser. Je ne sais pas que tout au long de ma vie, elle ne sera jamais bien loin de moi.

Jusqu'à la fin du primaire, j'ai continué à jouer à la petite fille parfaite et on a continué à me prêter des qualités, appelées tour à tour « capacités » ou « maturité », desquelles je me sentais de moins en moins digne mais que je me refusais à contredire. J'ai vécu ces dernières années envahie par la fumée noire, dans la peur permanente que le masque tombe et que l'on découvre que ce que l'on anoblissait n'était en réalité rien d'autre qu'un attrait aigu pour l'obscure trivialité des choses humaines.

J'ai eu une dernière nounou, Amelia, qui a fini d'achever mon envie d'être une dame. Elle avait dix-sept ans, un piercing au nombril et des tatouages, je ne rêvais que de pouvoir fumer des cigarettes et passer des heures au téléphone avec mes copines, comme elle. Je l'aimais beaucoup parce qu'avec Amelia, on discutait. Elle ne me considérait pas comme une enfant, ne me forçait pas à jouer aux Barbie dans ma chambre et me racontait ses chagrins d'amour. J'avais même le droit de lui parler quand elle faisait pipi. Elle laissait la porte ouverte, assise sur le trône, et continuait à me confier des choses comme « moi, la religion, je trouve ça trop cool ! ». Quand elle se levait pour se rhabiller, je tentais de voiler mon regard, certainement aussi efficacement que le bout de tissu rose transparent qui lui faisait office de culotte cachait un petit carré de poils noirs très délimité.

— Non maman, j'ai pas envie de mettre des ballerines pour mon premier jour de collège.

— Mais pourquoi ? Elles te vont vachement bien, regarde avec cette tunique...

— Non ! Papa, tu peux lui dire de me foutre la paix ?

Au loin, le fauteuil en cuir de mon père grince, puis ses pas sur le parquet.

— Quoi... Laisse-la tranquille si elle a pas envie de mettre des sandales...

— Des ballerines !

Après avoir prononcé cette phrase à l'unisson, ma mère et moi explosons de rire. Pour les dernières fois de sa vie, ma mère a encore raison de moi. J'enfile mes ballerines avec un sweat-shirt et empoigne mon sac à main. Je suis en 6e. Exit les cartables.

Je pénètre dans la cour de récréation. Elle est séparée en son centre par un muret en pierre surmonté d'une vitre en plexiglas. À gauche, un gigantesque banc longe les murs. Il y a un terrain de foot, les toilettes des garçons et deux recoins, un premier avec des casiers jaunes et un autre avec des petits escaliers qui donnent sur une porte condamnée. Par attribution officieuse, tout le monde sait que c'est la cour des grands, celle des 4e et des 3e. À droite, la cour des « petits », la mienne donc, où il n'y a rien d'autre que des casiers rouges, les toilettes des filles et la cantine. Pas de bancs ni de recoins pour ragoter.

Driiiiiing. Le sol se met à trembler sous les pas des centaines d'adolescents qui dévalent les escaliers quatre à quatre. Le contraste entre le calme régnant encore dans la cour de récréation et le déluge qu'annonce le bruit lointain de la cavalcade est saisissant. Nous nous regroupons entre 6e, comme pour faire bloc. Quand la porte s'ouvre, un torrent d'hormones se déverse sur nous.

C'est jour de marché. Chacun retrouve son stand habituel, les grands d'un côté, les petits de l'autre, on négocie les ragots de l'été, on exhibe les dernières Nike en vogue, on brade des cigarettes tout en pianotant sur un BlackBerry sous le manteau. La dernière livraison de curiosités, ce sont nous les 6e. On nous tourne autour en nous toisant du regard, les 5e viennent repérer leurs futures conquêtes, notre potentiel est passé au peigne fin, parce qu'encore trop proches du CM2, il va falloir nous garder de côté le temps d'une petite maturation, mais les réservations s'ouvrent dès maintenant. Je me sens dévisagée. Un très joli garçon brun avec une grande mèche de cheveux s'approche de moi. Je sais déjà qui il est. Au collège, il y a des informations rudimentaires, des choses que tu te dois de savoir avant même d'y entrer. La répartition de la cour de récréation, par exemple, ou encore la liste des gens populaires se transmettent, tels les mythes et les légendes, dans l'inconscient collectif. D'un coup de menton qui fait sursauter sa mèche, il m'apostrophe :

— Eh toi ! Comment tu t'appelles ?

J'essaie de ne pas me démonter. Tout en le défiant du regard, je prétends ne pas le connaître.

— Marie, et toi ?

— Saïd. T'es en 6e ?

Surtout garder un air détaché.

— Ouais. Et toi ?

— 5e. Tu fais vachement plus grande.

Il me fait un clin d'œil en s'éloignant.

Je relâche la pression. Le rose me monte aux joues. Je tremble légèrement. J'ai adoré ce jeu de rôle. Je veux recommencer. Je me demande s'il a deviné que j'étais impressionnée. Je ne crois pas. Facile la séduction. Les règles me semblent d'emblée familières. Il suffit de cacher ses émotions, comme au poker. Bluffer pour toucher gros. Faites vos jeux.

En rentrant chez moi, je me précipite sur l'ordinateur familial pour me connecter à ma page Facebook en ignorant les questions de ma mère sur le collège, mes nouveaux copains, mon emploi du temps et la liste des fournitures. En haut à gauche, une icône bleue représentant un personnage assorti d'un petit « 4 » rouge clignote. Lila Lingenti, Anna Guigue, Maël Chappey, Saïd Edje ! Je saute de joie et me précipite pour cliquer puis retiens mon doigt à la dernière minute. Non, attendre un peu. Je réponds à chaque question de ma mère le sourire aux lèvres. Avant de me coucher, je clique sur « accepter ».

Les semaines passent mais aucun mouvement à signaler, ni sur Facebook ni dans la cour. Je ne sais pas bien si son silence provoque la certitude ou l'illusion de mon amour, mais je me sens flancher. L'attente devient insupportable, je sursaute à chaque notification tout en faisant semblant de m'occuper en permanence. Mais je ne lâche rien, j'ai mes lunettes de soleil enfoncées sur mes yeux et je ne compte pas les retirer de sitôt. Au collège, je l'observe être. Il a cette arrogance typique de l'adolescence qui cohabite sur son visage avec des yeux rieurs et des pommettes enfantines. Tout chez lui transpire la tendresse, et malgré ses airs de caïd effarouché, on verrait encore presque la trace de rouge à lèvres que sa maman laisse sur son front après lui avoir souhaité une bonne nuit.

Un jour, une fenêtre apparaît sur mon ordinateur.

Saïd : « Cc eske tu veu sortir avec moi ? »

Marie : « Oui »

Mon premier rêve de dame se réalise, j'ai un mec et pas n'importe lequel, je gagne des points de popularité.

En pratique c'est un peu plus difficile, je ne connais pas le protocole à appliquer, jusqu'ici mes amoureux étaient soit tout de poils vêtus, soit imaginaires, soit si jeunes qu'ils se contentaient de m'offrir un cœur découpé dans du papier rouge pour la Saint-Valentin. Le premier matin, je tremble en l'apercevant dans la cour de récréation. Entouré de ses copains, Saïd me fait signe de venir et, à la vue de tous, il approche son visage du mien puis dépose ses lèvres sur les miennes. Trop préoccupée par la suite de la marche à suivre, je ne prends pas le temps d'apprécier ce premier contact tant attendu avec un garçon. Très vite, je comprends que les gestes sont simples et répétitifs. Smacker, tenir la main, m'asseoir sur les genoux. On ne discute jamais, on n'est d'ailleurs jamais seuls et on ne se voit pas à l'extérieur du collège. La magie ne prend pas. Je suis un peu déçue mais je m'accroche à l'image que je vois de nous, celle d'un couple populaire et « cool ». Au bout de quelques semaines, Saïd me fait à nouveau signe de venir vers lui. Je trouve ça étrange puisque depuis que j'ai compris le processus, il ne me guide plus.

— Marie, est-ce que je peux te parler steuplaît ?

Il enchaîne :

— Le prends pas mal hein, je t'aime bien et tout, mais en fait ça va pas coller toi et moi. Je suis en 5e tu comprends, et toi t'embrasses pas avec la langue et puis tu portes des ballerines. Du coup je préfère qu'on reste amis…

J'avais visiblement loupé des notes de bas de page à la lecture du protocole. Mais pas question que je marchande, je le laisse s'éloigner en acquiesçant. Chez moi, je pleure un bon coup puis jette mes ballerines à la poubelle. À la guerre du collège, tu marches ou tu crèves. Ce n'est pas bien différent de l'école primaire finalement.

Il fait froid. Collée à la fenêtre, j'observe les arbres danser au souffle du vent. L'air frais pénètre à travers les minces vitres du salon et l'acier de la chaise me glace les jambes. Le dîner est étonnamment calme, chacun mange en regardant son assiette. J'ai un peu mal au dos. Soudain, un liquide s'échappe d'entre mes cuisses. Je me lève en silence et me dirige vers la salle de bains. Au milieu de ma chemise de nuit Petit Bateau trône une tache pourpre, une petite trace ovale. Le sang de ma victoire sur l'enfance. Il faudrait un rituel. Un grand feu de camp à l'orée d'une forêt peut-être, avec des femmes nues et des chants mystiques. Alors je m'approcherais de la plus âgée qui de ses doigts appliquerait un peu de mon sang sur mes joues et sur mon front : la preuve de mon sacrifice pour rejoindre le monde des dames. Lorsque j'ouvre la porte, il n'y a pas de feu, ni de chants, il n'y a que ma mère, plantée devant moi, qui lève sa main en direction de mes joues pour y laisser un autre genre de trace. Une paire de claques comme dans le film *Diabolo Menthe*, pour « faire remonter le sang aux joues », ne pas le laisser se vider par le bas. Les traditions européennes sont toujours les moins folkloriques. Je crois que mon père apprend la nouvelle au même moment, mais il ne me dit rien. Au silence succède la gêne. Je rentre en 5e.

Mon corps est plus lent que mon cerveau. Je croyais qu'une fois le sang écoulé, on devenait une femme immédiatement. Celle des films en tout cas, sans poils et avec des seins qui pointent, de jolis traits bien dessinés, de longues mains vernies et un brushing toujours irréprochable. La notion d'entre-deux ne me plaît pas beaucoup. Mon cerveau n'a jamais été dans l'entre-deux, il n'y a pas d'entre-deux de pensées. Il y a des transitions, lentes, parfois si lentes qu'on ne s'en aperçoit pas, pareilles à un singe qui s'accroche de liane en liane, son corps comme objet de continuité entre la liane d'avant et celle d'après et, pour un instant de suspens, ces trois entités reliées les unes aux autres. Je deviens alors un corps et un cerveau, définitivement séparés. Mon cerveau d'abord coincé dans un trop petit corps, maintenant dans ce corps d'entre-deux, ce corps qui ne veut rien dire, avec ses tétons enflés et asymétriques à l'auréole trop large pour la surface du sein, quasi inexistante, ses fesses qui grossissent à vue d'œil, les hanches qui s'écartent mais la taille qui ne se creuse pas, formant un vulgaire H, un duvet indécis qui s'installe, chassant la poudre d'or qui parcourait équitablement l'ensemble de mon ancien corps, des liquides qui coulent un peu partout, sans que j'aie le contrôle dessus, et puis ce visage qui ne s'affine pas, dont l'enfance qui y traîne encore prend des airs masculins, ces pores bouchés de substances étranges, qu'il faut vider, épurer, désinfecter, en somme, un corps qui m'échappe et qu'il va me falloir travestir pour cacher l'étendue de ce chantier si mal exécuté et bien plus long que prévu. Ce corps comme première déception.

Je ne sais pas exactement de quelle manière on nous l'a annoncé. Je crois qu'on ne nous l'a pas annoncé. On ne nous a pas dit votre mère est malade ni votre mère va perdre un œil. On a plutôt suivi les étapes une à une, de loin. Quand je dis on, je parle de mon petit frère et moi. J'avais douze ans. Lui sept. Personne ne voit bien dans cette famille. Tout le monde porte des lunettes. Myopes comme des taupes. Je suis la seule à y voir clair. Il y a aussi des problèmes de peau. De l'eczéma, des zonas, de l'herpès. Moi j'ai des herpès quand je suis angoissée, fatiguée, perturbée, c'est-à-dire souvent. Quand je tombe amoureuse aussi. Ils viennent avec des cauchemars et des insomnies, tout ce monde pour me dire : t'es totalement frappée du casque ma belle. Une fois j'en ai eu neuf sur le visage, j'avais la tête déformée, on aurait dit que je venais de me prendre un ballon en pleine figure. Je me ronge les ongles aussi. J'ai les maux de l'angoisse, quoi. Peut-être parce que j'y vois clair, moi justement.

Ma mère, son truc, c'est les problèmes aux yeux et l'eczéma. Elle en a en quantité astronomique, partout sur le corps. Ça la brûle, ça la pique. Avec le temps, sa peau s'est transformée en une sorte de cuirasse abrasée où même un poil ne peut survivre à sa surface. Elle dit souvent que sa plus grande victoire c'est de ne pas nous avoir refilé d'eczéma, à mon frère et moi. Sa sœur, ma tante Luce, en a aussi. Il paraît que l'eczéma résulte d'un conflit de séparation. La peau réagit pour lutter contre l'abandon en se mettant à nu pour faciliter le contact. Prête à tout pour être aimée. Elles ont une manière de se gratter bien spécifique, la paume fermée. Elles ne grattent pas d'un geste droit et vertical, comme on gratte un bouton de moustique. Leurs doigts s'acharnent un à un sur la plaie, du petit doigt à l'index, en quatre temps, dessinant un minuscule arc de cercle. Comme les griffes du chat qui se plantent dans nos genoux quand on le caresse ou le geste musical que l'on fait sur une table lorsqu'on attend quelqu'un ou quelque chose. Quand je rencontre des gens qui se grattent de cette manière-là, j'ai une affection immédiate et particulière pour eux, comme s'ils faisaient partie de ma famille, eux aussi.

Sur les photos d'elle petite, ma mère a l'air toujours triste, parce que l'eczéma cercle ses yeux comme un panda d'une couche violacée, presque grise par endroits, légèrement craquelée. On pourrait croire qu'elle a des rides autour des yeux. Une enfant vieille. C'était pas facile à l'école. Certains de ses camarades pensaient que c'était contagieux, d'autres qu'elle avait eu un accident de voiture et qu'on lui avait greffé de la peau. Ça ne l'a pas empêchée de devenir une très belle adolescente, aux longs cheveux blonds. Là on lui a mangé dans la main, plus personne n'avait peur de la contagion.

Son œil gauche a commencé à faire des siennes aux alentours de ses quinze ans. Une uvéite. À vingt ans, elle a été opérée de la cataracte. En général c'est une opération qui se pratique autour de soixante-cinq ans, voire entre quatre-vingts et quatre-vingt-dix ans. C'est un phénomène lié au vieillissement de l'œil qui engendre une opacification du cristallin et une diminution significative de la vue. L'œil se teinte d'une couleur bleutée, comme un voile recouvrant l'iris et la pupille.

Cette fois-ci, le problème vient de la tension dans l'œil. Elle a quarante ans. Quand mon père nous explique que notre mère fait de l'hypertension, je lui demande de répéter. Notre mère est plutôt du genre hypotension. En dehors de la maison elle est assez dynamique, apprêtée et coiffée. Mais dès qu'elle passe le seuil de son antre, elle se transforme en paresseux. Affalée sur le canapé en jogging, le chignon défait, ou au lit en train de faire « une sieste ». Pour nous parler, elle ne se déplace jamais. Elle hurle depuis son poste de repos, comme une radio mal réglée. Adolescente, je lui en ai pas mal voulu de ça. Personne ne me croyait quand je racontais ce qu'était vraiment ma mère. Tout le monde la voyait comme une princesse ou comme une reine. Je lui en voulais de porter ce masque à l'extérieur et de le jeter aux portes de la maison pour ne nous laisser que celui d'une souillon dissimulée, toujours fatiguée.

Ma mère est capable de faire une sieste à n'importe quelle heure du jour, des grasses matinées infinies, comme une adolescente. Si on veut passer du temps avec elle, on sait où la trouver. Sa chambre est son royaume. D'ailleurs on ne dit pas la chambre de nos parents, on dit la chambre de maman. C'est une chambre assez simple, très ensoleillée, le lit y trône en maître.

Du côté de mon père, c'est assez minimaliste. Quelques magazines déco ou des magazines d'art. Mon père aime rêver, il y passe le plus clair de son temps, et ce qu'il aime par-dessus tout, c'est ne pas réaliser ses rêves. Il rêve de maisons en bois, d'îles sauvages, de grands ateliers où il pourrait peindre toute la journée. Alors il lit *Art & Décoration*, *Côté Sud*, *IDEAT*. À la télévision, autre de ses activités favorites, il regarde *Koh Lanta*, *Thalassa*, *Pawn Stars*, mais aussi des émissions un peu plus intellos qu'il a créées pour la plupart puisqu'il travaille à la télévision et qu'il ne manque pas de nous le rappeler à chaque sujet abordé à table, « ah oui j'avais fait une émission là-dessus ». Parfois, s'il a envie de rêver un peu plus loin, du côté de la jet-set et du luxe, il regarde *50' Inside.* Plus jeune il peignait beaucoup, notre appartement est truffé de ses créations, mélange de collages et de peintures, à la croisée du street-art et du pop-art. Il avait fait une exposition et avait tout vendu. Maintenant, il ne peint plus.

Le côté de ma mère est plus fouillis. Des multiprises en tout genre, des casques audios, des boules Quies, des roll-on pour le visage, de l'encens, les derniers gadgets en vogue pour un sommeil serein, des cadavres de bouteilles d'eau se superposant aux piles de livres spirituels, guides de développement personnel et, cachés dans sa table de nuit, des carnets par dizaines, du journal intime de ses sept ans aux carnets d'inspiration où elle colle des photos de maisons de campagne, des corps de mannequins parfaits et des images de bébés mignons, en passant par des carnets factuels où elle consigne chacune de ses actions. Elle a fini par faire de l'écriture son métier puisqu'il y a quelques années elle s'est reconvertie en scénariste. Depuis, elle travaille à la maison et elle est tout le temps là. J'insiste : tout le temps là.

Sa chambre, c'est aussi la pièce où on fait sécher le linge, ça sent bon la lessive la plupart du temps. Il y a une bibliothèque avec quelques photos et des romans rangés par ordre alphabétique, un miroir en bois et un placard séparé en deux, rempli de vêtements. Je vous laisse deviner qui a le plus d'espace, et qui est le plus ordonné. Sur le balcon, une vraie jungle. Un jasmin étoilé, un mandarinier, un olivier et du lilas cohabitent avec des mauvaises herbes qu'elle laisse vivre en paix. Parce qu'il « ne faut pas interférer avec les cycles de la nature ».

En réalité cette pièce est assez rassurante. Cette pièce, c'est notre mère. Un endroit chaud et doux où l'on rit beaucoup car notre mère est la personne la plus drôle que je connaisse. Mon frère y a dormi de longues années. Ce fut le lieu de toutes les bagarres d'enfants, séances de chatouilles, chuchotements de nos secrets et de nos blessures, lovés dans les bras de notre mère. C'était elle qui initiait toujours les jeux. Son préféré s'intitulait le « jeu de la guerre ». Nous devions nous serrer fort les uns contre les autres, nous imbriquer pour que nos corps prennent le moins de place possible au cas où une guerre mondiale éclaterait à nouveau et qu'il faudrait nous cacher. Surtout, ne pas se séparer.

Le paresseux à l'œil fou développe un glaucome. Je ne sais pas bien ce que c'est. Je me rappelle seulement un film comique que nous regardions quand mon frère était petit, où les deux protagonistes doivent traverser les États-Unis en voiture alors qu'ils ne se connaissent pas. L'un des deux passe son temps à fumer de l'herbe, exaspérant l'autre au passage, avec comme justification permanente « j'ai un glaucome ». Dans la vraie vie, le glaucome semble moins comique. Ma mère se fait opérer à de nombreuses reprises mais les opérations dégénèrent. À chaque fois, elle n'est que partiellement anesthésiée. L'œil écarquillé, maintenu ouvert à l'aide de grosses pinces. Elle voit tout. Le chirurgien qui s'affaire. Le scalpel qui se dirige dangereusement vers son œil. Le chirurgien fait des erreurs. Un œdème apparaît sur sa cornée. La rémission est longue et douloureuse.

La porte de sa chambre se ferme. Nous n'y avons plus accès. Nous marchons sur la pointe des pieds et regardons à travers la serrure. À l'intérieur, de l'obscurité à perte de vue. Volets fermés, rideaux tirés. Une grosse forme se distingue tout juste sous les draps. Une masse noire qui se soulève à intervalles réguliers. Parfois la masse gémit d'une voix grave, très loin de celle, légère, de ma mère. Quand mon père nous surprend, il nous dit de retourner dans notre chambre, il dit laissez-la se reposer. Ma grand-mère Mina vient de Montpellier pour s'occuper de sa fille et aider son gendre. Car tout seul il ne s'en sort pas entre son travail, les devoirs, le dîner, les activités extrascolaires, les rendez-vous chez le médecin et les soins de ma mère. Soudainement, sa nécessité est criante. Sans elle, la maison coule.

C'est une époque bizarre. L'époque où tout change. On dit au revoir aux années 90 pour de bon. Peu de temps avant la maladie, le vieux canapé recouvert d'un tissu balinais a été laissé aux encombrants et remplacé par un canapé gris flambant neuf d'une enseigne qui fabrique des meubles à la chaîne. J'ai pleuré en le regardant dans la rue, nu, seul, avec la même détresse que lorsqu'on voit le corps sans vie d'un être aimé dont les traits ne nous sont soudainement plus familiers, allongé dans une pièce que ni lui ni nous ne connaissons, ou un personnage en train de se noyer dans un film, bloqué dans un élément qui n'est pas le sien et duquel on aimerait le sortir, en vain. Ce canapé dans la rue devient à lui seul l'inéluctable, l'impossible retour des choses. Un matin, mes souvenirs d'enfance sont partis dans un camion, avant d'être écrasés un à un quelque part en banlieue. Ensuite c'était au tour du reste de la brocante d'être balancé par la fenêtre, « la table à manger qui appartenait à un roi avant » en bois foncé, massif, a cédé sa place à une table en bois fin et clair, de moins bonne qualité, avec des pieds en métal noir qui blessent les orteils ; les tableaux colorés de mon père ont été remplacés par des toiles noires et blanches, ainsi que les fauteuils en osier qui se sont parés de cuir noir. Le grand mur blanc du salon a été repeint en gris. D'un atelier d'artiste regorgeant de souvenirs, notre intérieur est devenu stérile et étrangement design. C'est le temps d'Ikea, d'H&M, d'Uniqlo et de Zara. Mes parents ont troqué leurs vieux jeans Levi's et pulls en laine à col roulé contre des panoplies neuves de quarantenaires, l'ancien a disparu pour faire place au neuf, qui lui ne vieillira plus, parce que les nouveaux pulls en synthétique se trouent et que les jeans H&M se jettent.

La place des objets comme celle des membres de ma famille change. Ma mère est un pirate alité. Mon père, une mère au foyer. Moi, je m'endurcis massivement. Je ne sais plus quel rôle jouer dans cette saison où la mère tombe malade. Je suis une excroissance, une anomalie dont il faut se débarrasser. On me demande d'être responsable alors que je n'ai qu'une envie : faire des conneries. Par milliers. Je m'apprêtais à devenir ado, j'avais attendu ça impatiemment toute mon enfance. Ma mère s'y préparait comme un CRS avant une manifestation, et voilà que subitement, elle quitte la scène. L'air de dire je m'en fous, fais ce que tu veux, c'est moi d'abord. Toujours elle d'abord. Elle me laisse là sans réplique, à parler dans le vide devant une salle comble de fantômes. Et je ne sais pas faire sans elle. Et ce constat me révolte. Je n'ai absolument aucune empathie, pour personne. Elle ne me fait pas de peine. Je suis indifférente aux plaintes, aux gémissements, pire, ça m'exaspère. Je trouve qu'elle ne sait pas prendre sur elle. Ce n'est pas ce que j'attends d'un parent. Je lui en aurais beaucoup voulu si elle était morte. On n'abandonne pas comme ça ses enfants.

Je profite de la cécité générale pour m'absenter à la recherche d'une nouvelle famille. Au collège, il y a ces trois filles qui ne vont pas tarder à devenir mes meilleures amies.

Ce que j'ai tout de suite aimé à propos d'elles, c'était leur différence due à leurs éducations, radicalement opposées. Je retrouvais dans les aspects contradictoires de chacune de leur famille un peu de la folie de la mienne, tout en croyant m'en affranchir.

Il y a eu Annoushka et son franc-parler, son rire gras. Ses yeux en amande qui abritaient le regard d'une louve, tout à la fois menaçant et profondément tendre. C'est celle que j'ai rencontrée en premier, sur un banc après la cantine. Très vite, nous ne nous sommes plus quittées. Je portais son nom de famille sur Facebook en plus du mien, m'étais immiscée dans son adresse-mail « annoushka-marie@hotmail.fr », partageais avec elle le moindre de mes secrets, inventant des noms de code par centaines pour pouvoir parler librement dans la cour de récréation de n'importe quel garçon. Son père était très strict, mentionnant Dieu dans chacune de ses phrases comme on utilise le mot bonjour ou merci. Annoushka n'avait le droit à rien. Aucune sortie, aucune bêtise, aucun réseau social. Je la laissais se connecter sur ma page Facebook en secret. Il n'y avait que la musique et la danse qui étaient autorisées, voire obligatoires chez elle, ce qui rendait son univers, malgré l'austérité certaine de son père, tout de même très joyeux. Sa mère était belle, gentille et douce. J'aimais aller chez eux prendre le goûter, sentir l'odeur de la lessive et du parquet ciré. L'odeur de l'ordre et du silence.

Un jour Annoushka m'a présenté Émilie, une étrange créature venue des limbes. Sa meilleure copine d'enfance, fille d'une amie de sa mère, que la famille d'Annoushka, par générosité religieuse, avait quasiment adoptée. Nous l'appelions Emmy, parce que ça sonnait comme Amy et que Emmy c'était un peu Amy Winehouse. Tout était à vif chez Emmy, et son entièreté me fascinait. Elle aimait ses amies aussi fort qu'elle détestait sa mère, lui crachant sa colère au visage comme des jets d'acide, la menaçant à l'aide d'objets tranchants avec lesquels elle finissait par se taillader une partie du corps. Nous la laissions faire parce qu'Emmy, par ses actes de guerre, expiait un peu de la colère silencieuse de chacune d'entre nous.

Elle avait grandi à Nice, chez ses grands-parents, sa mère l'ayant eue très jeune avec un homme schizophrène qui la battait. Un jour, elle a déposé sa fille chez ses parents et elle est partie, suffisamment longtemps pour qu'Emmy lui en veuille et qu'elle ne se souvienne pas de son père.

À douze ans, elle semblait en avoir trente. De longs cheveux abîmés par maintes colorations, de grands yeux de biche aux cils anormalement longs, débordant d'intelligence et, partout sur son corps, des dessins et autres petites boules argentées, la plupart faits par elle-même, pour raconter son histoire. Avec Emmy je pouvais faire toutes les bêtises du monde en sécurité, parce qu'elle avait déjà tout vu, tout connu, et que son expérience nous enveloppait comme une vieille tante. Elle semblait nous dire vas-y, je veille sur toi, de toute manière c'est moi qui paierai les pots cassés. Nous pouvions nous amuser tandis qu'elle s'abîmait. Pour Emmy, ce n'était pas une crise d'ado. C'était sa vie.

À la Toussaint, nous sommes parties en colo toutes les trois. Des vacances proposées par la mairie pour les élèves du collège. Nous avons pris un train, puis un bus à travers les montagnes brumeuses des Vosges. Des étendues vertes parsemées de rivières, des villages déserts où le temps semblait s'être arrêté. Un paysage tragique et réconfortant à la fois, comme une légère dépression. Nous logions dans des petits chalets de quatre personnes. Les moniteurs nous avaient autorisées à dormir ensemble à condition de ne pas discuter du choix du quatrième colocataire. C'est ainsi que nous avons rencontré Giorgia, nouvelle au collège. On l'a tout de suite adorée, surtout moi.

J'ai toujours été captivée par la beauté qui s'ignore. Objectivement je ne suis pas laide, mais je ne suis pas renversante de beauté. C'est une chose que je déteste dire parce que mes interlocuteurs y voient un manque d'assurance auquel il faudrait absolument remédier. C'est juste un constat. Je sais que je suis d'apparence belle, mon enveloppe est correcte. De longs cheveux blonds, un corps bien proportionné, des yeux verts. Mais comme avec un hamburger, c'est la totalité des ingrédients réunis qui ouvre l'appétit. Il suffirait de me raser la tête pour s'en rendre compte. Mon visage serait carrément dérangeant. Probablement masculin. Les yeux rapprochés, la mâchoire inexistante. C'est vraiment pas grave, je m'en fous pas mal moi. Ce qui l'est un peu plus, c'est que ça semble grave à certains. En tout cas, je ne m'ignore pas. Je n'ignore pas ma banalité physique. Et je me dis que si j'avais été sublime, je ne l'aurais pas ignoré. Pareil si j'avais été vraiment moche. J'aurais probablement été dans un cas extrêmement narcissique, voire tout à fait stupide, et dans l'autre fortement complexée, voire dépressive.

Quoi qu'il en soit, j'ai rencontré, à de rares occasions, de vraies beautés, presque irréelles, et qui semblaient s'ignorer tout à fait. C'est délirant à observer, quasi mystique. Comme admirer une panthère des neiges qui s'abreuve dans un cours d'eau glacé. Ça a quelque chose de sauvage, de presque violent et de si doux à la fois. Ça prend aux tripes. Ça peut émouvoir aussi. Parce que ça rend impuissant. La beauté qui s'ignore est insaisissable, on ne peut même pas en être jaloux. On ne peut rien faire d'autre que de rester là, immobile, scotché, et d'être un peu gêné de l'insistance de notre regard. Quand l'autre nous surprend, on ne peut même pas lui dire tu es tellement beau ou belle, parce qu'on sait que ça viendrait briser l'enchantement.

Cette beauté particulière, Giorgia l'a, et treize ans plus tard, bien que j'y sois confrontée plus de trois fois par semaine, elle continue de m'éblouir à chaque instant. C'est une beauté qui n'a pas de prise sur le temps, qui ne s'amoindrit pas à force d'être regardée. Elle est dans l'ensemble de son visage. Dans la forme de ses yeux dont nous partageons la couleur, dans l'équilibre entre son nez droit de statue grecque et sa bouche carminée, charnue jusque dans son cœur dont on ne distingue qu'à peine le contour. Elle est dans l'épi de ses sourcils, dans le grain de beauté déposé sur sa joue, dans la grâce de ses boucles noires.

Tous les soirs nous sortons en silence de notre chalet, lampe torche en bouche, les mains pleines du nécessaire pour nos soirées clandestines. Éclairées par la lune, nous traversons le petit village de la colo avant de nous enfoncer dans des herbes hautes jusqu'à un lac. Là, nous installons notre campement en collant nos sacs de couchage les uns aux autres, nous posons la lampe-torche au milieu et nous asseyons en tailleur. Parfois, d'autres jeunes nous rendent visite. On écoute de la musique sur nos téléphones ou Emmy qui chante de sa voix rocailleuse du Angus et Julia Stone. Le premier soir, Emmy allume une cigarette et me la tend. Je la porte à ma bouche en fermant les yeux pour écouter le bruit de la fraise qui se consume. Cet objet devient immédiatement mien. Pas comme la chicha que je n'ai jamais réussi à fumer avec aisance. Il y a de ces objets qui épousent ou non leurs consommateurs, comme le soulier de Cendrillon. On le sait assez vite. Certains ne parviennent jamais à manipuler une cigarette, leur façon de la tenir, de porter leur main à leur bouche, d'inhaler la fumée reste toujours fausse quoi qu'ils fassent. Pour d'autres c'est une évidence, un sixième doigt. J'aspire lentement la fumée, naturellement là aussi, je saute la case apprentissage des crapoteurs qui doivent tirer une taff puis prononcer la phrase « Y a maman qui arrive ! » pour faire passer la fumée jusque dans les poumons. Je dois avouer que je tousse quand même. Mais je ne me démonte pas et fume la cigarette entière, allongée en contemplant les étoiles. Quand je me relève ma tête tourne, je vois double, ça me fait énormément rire. Je me lève, c'est pire, je tombe à la renverse. Quelques minutes plus tard, je vomis mes tripes dans l'herbe. Je jure de ne plus jamais fumer une cigarette.

Le soir suivant, je n'attends pas d'être arrivée au lac pour demander une clope à Emmy. Cette deuxième cigarette, je ne la vomis pas. C'est le rite de passage. Je propose une taff à Annoushka qui la refuse avec mépris. Annoushka n'a jamais été intéressée par la bêtise. Elle n'a jamais été pressée d'être une dame non plus, mais pas naïvement, pas parce qu'elle voudrait rester une enfant, non, c'est plutôt comme si elle était déjà passée par tout ça, comme si elle était déjà vieille et, tout comme une vieille dame, elle sait faire preuve d'une grande sagesse, mais aussi se montrer aigrie, voire piquante, surtout lorsqu'elle est outrée par les déviances de notre génération. Ça doit venir de la partie religieuse de son éducation. Dieu qui donne un peu de cohérence à l'interdit.

Plus les jours passent, plus nos soirées s'enhardissent. De la cigarette à l'alcool. De l'alcool aux joints. On boit du Malibu coco, du Get 27, des breuvages aussi sucrés que du miel, qui nous engourdissent et nous désinhibent. On se fait des soufflettes puis on attend l'effet du joint comme le messie. Certains vomissent, comme moi, le premier soir, tandis que d'autres planent. Le temps s'étire, les yeux rougissent, chaque geste semble infini. On croirait à une cérémonie d'ayahuasca. Je me sens protégée par les trois puissances féminines qui m'entourent. Emmy par son savoir, Annnoushka par sa sobriété et Giorgia par son calme complice, réunies pour m'accompagner dans ces autres mondes. J'entre en connexion avec leurs âmes. À aucun autre moment de ma vie je ne me suis sentie aussi libre.

Quand nous rentrons à Paris je retrouve la masse noire qui se soulève sous les draps. La lumière du soleil me manque. Et les cris aussi. Ceux de mon père, ceux de ma mère. Leurs engueulades que je détestais petite, l'incohérence de leur éducation dont j'ai très vite tiré profit, leur manière de dire « ta fille » ou « ton fils », de nous ériger en juges de leurs désaccords. De nous demander de choisir le vainqueur. Je voudrais que tout redevienne comme avant. Mais tout est comme ça. Obscur. Mort. Silencieux.

Je passe beaucoup de temps chez Giorgia. Chez elle, il y a du bruit en permanence. Même la nuit. C'est une maison qui ne dort jamais. En accord avec les principes hérités des générations d'ouvriers italiens qui les précèdent, ils vivent sous le régime de la communauté. Surtout depuis que son père a quitté sa mère et que son appartement, truffé d'objets singuliers, délicats et uniques, est devenu une colocation géante où cohabitent trois générations. J'aime les observer vivre, Giorgia, son grand frère Apollo, son fils Bela, qu'il a eu lorsqu'il était très jeune, et Silvia leur maman, l'épicentre de la colocation, une petite grande dame qui en impose, véritable conteuse dont les histoires qui ne tarissent jamais donnent une furieuse envie de vivre, de souffrir, de tomber amoureux, de se séparer, d'avoir des enfants sans se poser de questions avec des pères différents, de faire des colocations avec ses enfants, ses amis et les enfants de ses amis, d'organiser des grands dîners sur le pouce, même quand l'argent manque, d'oublier les règles, de dire ce que l'on pense, toujours, de s'engueuler, de se réconcilier et aussi de vieillir, elle est de ceux qui effacent la peur du temps qui passe. Quand je suis en peine, Silvia me coupe les cheveux, elle dit que ça soulage d'un poids, qu'ensuite on peut repartir du bon pied, tandis que Giorgia m'écoute de son oreille inégalable et qu'Apollo, dessinant dans un coin du salon, intervient avec parcimonie pour me prêter son regard sur le monde, un regard singulier, tout aussi aérien et extraterrestre que son prénom. Giorgia devient ma plus fidèle alliée, elle est mon temple, un espace où se rencontrent la liberté, la paix et la sécurité dans ce que ces trois notions ont de plus absolu.

À Noël, pour la première fois de nos vies, mon frère et moi partons sans nos parents pour rejoindre le reste de la famille à Montpellier. Ma mère doit se faire opérer, encore. Mon père reste avec elle. Pas de film sur la vie de Jésus, pas de gâteaux au père Noël, pas de sapin à décorer. Avec mon petit frère, nous dormons ensemble dans leur lit qui nous semble tout à coup bien grand et vide. Je suis totalement absente à moi-même et au monde. Je ne sais pas où je suis, quelque part dans ma tête ou dans mon téléphone, à attendre un message d'Abel. Un garçon du collège dont je suis amoureuse. Ma mère je m'en fous, son œil je m'en fous. Si bien que je ne souris même pas lorsque la sonnette retentit par surprise le 24 décembre et qu'apparaît sur le palier la silhouette arquée de ma mère avec son gros pansement sur le visage, accrochée au bras de mon père. Je ne crois plus au père Noël, ni à la famille.

Je ne pense qu'à Abel. Nous nous fréquentons depuis quelque temps. Au collège, il est encore plus populaire que Saïd. C'est le moins bon élève et le meilleur joueur en sport, il porte des casquettes et des Vans, n'a pas vraiment de « bande », est sympa avec tout le monde, considère aussi bien Marcus, le 6e un peu grassouillet et binoclard qui aimerait savoir jouer au foot, lui aussi, que Jenna, la très méchante et réputée 3e dont la cruauté n'est que le triste miroir de ses blessures de petite fille, il la comprend, puisque lui non plus n'a pas vraiment de famille. Il a aussi plein d'amis en dehors du bahut, qui eux sont déjà au lycée. Il plaît beaucoup, à toutes les filles. Je suis tombée amoureuse très vite.

J'ai appris les horaires de sa classe par cœur en faisant mine de traîner à la sortie, juste pour l'apercevoir. J'ai scruté sa page Facebook de fond en comble, cliqué sur chaque lien publié en statut, me suis mise à écouter Kid Cudi, Wiz Khalifa, Nicki Minaj et Rihanna en boucle avant d'en recopier soigneusement les refrains en légende de mes photos de profil sans jamais en comprendre les paroles. Un jour, Emmy l'a entendu dire qu'il aimait le parfum Black XS de la marque Paco Rabane. Je me suis précipitée chez Sephora le soir même et ai acheté le plus petit format, celui à 30 euros. C'était un parfum capiteux, brutalement sensuel et excessivement cheap, qui m'a plu instantanément puisqu'il lui plaisait à lui. Sur le petit carton de publicité qui l'accompagnait, semblable à un mauvais horoscope, il était écrit « Suivez votre instinct. Intensément. Excessivement. À l'excès ». Le lendemain, je m'en aspergeais de la tête aux pieds, insistant particulièrement sur ma chevelure que je balançais au vent chaque fois qu'il passait à côté de moi. Dans un coin de la cour, la prophétie du carton publicitaire s'accomplit. Abel m'empoigne et me chuchote à l'oreille « tu ne peux pas porter ce parfum, je vais devenir fou ». Un élevage de papillons s'était installé dans mon ventre durant toutes ces années, c'est un cataclysme. Je dois fermer les yeux pour amortir la chute.

Avec lui, c'est tout l'inverse d'avec Saïd, nous nous voyons majoritairement en dehors du collège, en bas de chez moi ou dans ma cage d'escalier. Au deuxième étage, celui des bureaux, quand nous ne voulons croiser personne, au cinquième quand nous préférons nous voir sous la lumière du jour qui perce par la verrière. Il y a de la place dans ma cage d'escalier. Et puis c'est joli. Simple mais joli. Les portes ont été peintes en vert comme l'ascenseur. Un vert sapin qui se marie bien avec la rampe en bois. Dans ma cage d'escalier, c'est un peu Noël toute l'année. La lumière s'éteint seule au bout de quelques minutes, emportant avec elle nos voix. Le souffle soudain se fait entendre, les gestes, presque invisibles, sont mesurés au millimètre près puis brutalement interrompus par la lumière qui se rallume. Pris la main dans le sac comme deux voleurs d'œuvres d'art, souvent parce qu'il y en a un qui a fait un mouvement trop brusque.

Je perçois ces rendez-vous secrets comme d'autant plus intimes que je ne souffre pas du manque de transparence publique de notre relation. Je ne réalise pas la dimension de honte induite par notre différence d'âge. J'aime sa peau, son odeur, ses lèvres, à travers lesquelles je n'ai pas peur de glisser ma langue. Il a ce corps d'homme que je convoitais déjà tant enfant. Les épaules carrées, les muscles tendus sous les vêtements, la bosse du jean qui durcit à mesure que nos corps se rapprochent, il est mon amoureux imaginaire, il est Madox, le gros ours brun de ma malle de jouets, il est le prince des contes de fées, le petit copain de mes rêves. Je découvre l'abandon des hommes qui me bouleverse, cette fragilité que seuls les bras des mères ou des amoureuses connaissent. Et c'est précisément de ce secret que je tombe amoureuse. Au collège, il redevient le garçon fort, viril, celui qui n'a peur de rien, je ne lui en veux pas, j'attends patiemment nos rendez-vous nocturnes, très tôt le matin avant les cours ou très tard le soir.

Ces vacances de Noël se passent mal. L'ambiance est morose et Abel ne me répond plus. Je reste éveillée des nuits entières à guetter le petit clignotement rouge qui signale une notification sur mon BlackBerry. La journée, je suis acerbe. Tout a le goût de mon amertume. Ma grand-mère essaie de me changer les idées en m'amenant en promenade au Peyrou, grande place en hauteur de laquelle on peut admirer toute la ville et que j'affectionnais beaucoup, enfant. Je trouve ça gris et vide. L'espace me semble mal proportionné, je ne comprends plus l'intérêt d'une vue en hauteur. C'est moche, tous ces immeubles minuscules et ratatinés.

Je rentre à Paris le ventre noué. Le jour de la reprise, quand je pénètre dans la cour, Emmy, Annoushka et Giorgia, qui a intégré notre petite bande depuis la colo, bondissent dans mon champ de vision d'un air grave. Viens, il faut qu'on te parle. Elles m'entraînent vers les toilettes. Là, au milieu des odeurs de pisse et de cigarette atténuées par du déodorant vanille, elles m'annoncent qu'Abel sort avec Louise, la belle 3e. Louise qui était un peu ma copine. Elles préféraient me le dire avant que je ne l'apprenne par moi-même.

La première fois qu'on a le cœur brisé, il se passe quelque chose d'étrange. Une voix éteinte en nous se met à hurler. Comme un bébé caché dans nos entrailles et dont nous ignorions l'existence. C'est surprenant et déstabilisant parce que c'est un bébé invisible. On ne peut pas simplement entrer dans sa chambre, le prendre dans nos bras et le bercer en lui chuchotant que ce n'était qu'un cauchemar. Oui je sais, le noir ça fait peur. C'est un bébé tyrannique, inconsolable, comme celui de l'avion qui nous empêche de dormir et que l'on voudrait étrangler. Avec le temps, le bébé s'épuise et se rendort, nous laissant abasourdi. Ensuite on marche sur la pointe des pieds, terrorisé à l'idée de pouvoir le réveiller à nouveau.

Je m'achète un spray bon marché et me décolore les cheveux jusqu'à devenir blonde platine. Mon trait d'eye-liner, pratiqué chaque matin comme un rite religieux et occasionnant régulièrement de la casse sur son passage par la difficulté de son exécution, devient ma signature. Je ne porte plus de pantalons, uniquement des leggings noirs et de grands pulls qui soulignent l'extrême minceur de mes jambes, encore accentuée par le port d'imitations d'épaisses baskets à talons d'une marque de luxe. Je me défonce à l'Eau Écarlate après les cours. J'en applique sur un chiffon et l'inhale. C'est beaucoup moins spirituel que mes premières expériences au bord du lac. C'est une défonce courte et intense, infusée de chaleur, qui oppresse le cerveau comme dans un étau, engourdissant les membres et obstruant la vue. Ça ne dure que quelques secondes. Quelques secondes qui ressemblent à celles qui précèdent l'évanouissement. Un moment de suspens.

Ma mère ne retrouvera pas la vue de son œil gauche. Quand elle retire ses pansements, son œil droit croit avoir une hallucination. Sa petite fille s'est transformée en petite pute.

La masse est sortie de l'ombre. Mais il y a un petit problème : la masse a avalé ma mère. Elle a revêtu son apparence, un œil en moins. Il est quand même là, plus petit qu'avant, le vert de l'iris devenu bleu, recouvert par une fine couche opaque, comme les yeux des poissons allongés dans la glace sur les étals du marché.

Pour le reste, tout est différent. C'est une femme plus dure, plus piquante, qui ne m'a pas à la bonne. Je crois qu'elle cherche sa petite fille, avalée elle aussi. Elle est prête à m'éventrer pour la retrouver.

À certains moments, la ressemblance avec ma mère est troublante. Elle s'approche, me réclame un câlin, comme l'ancienne mère. Mais ses bras ont changé, je m'y sens à l'étroit. J'ai peur qu'elle me serre jusqu'à m'étouffer. Ses caresses agacent ma peau.

J'en veux à la masse, elle en veut à la pute. La masse en veut à la pute. La pute en veut à la masse.

Elle me flique, me fouille. Lit mes textos, ma messagerie Facebook comme un mari infidèle. J'utilise des formules cryptées empruntées à l'argot de ma génération, j'écris « garo » pour dire clope, « manger » pour sortir et « vernis à ongles » pour les joints. Je raconte mes histoires à mes copines en utilisant la troisième personne du singulier et un faux prénom. Elle me piège au détour d'une conversation « Dis-moi, chérie ! Comment on dit clope en langage de jeune ? C'est pour un scénario. » Et je suis prise la main dans le sac. Mes sacs aussi elle les fouille, mes doigts elle les sent, mes yeux elle les scrute. Un jour, je la surprends en train de remplir une de mes bouteilles de spray décolorant pour les cheveux d'eau du robinet après avoir vidé son contenu dans l'évier.

Les espaces d'intimité sont réduits dans l'appartement. J'essaie d'initier des actions militantes qui sont systématiquement réprimées, pire, sabotées. Dans la salle de bains, je me sers dans la pile de serviettes propres car je ne veux plus utiliser la serviette unique que nous nous partagions avant. Ensuite je la mets à sécher sur le radiateur, le plus loin possible du porte-serviettes afin d'éviter toute confusion. Chaque jour je retrouve ma serviette mouillée. Chaque jour j'en change. Chaque jour je m'en plains sans que le coupable se dénonce jamais. Et puis, ça recommence.

Je partage ma chambre avec mon frère. On y entre comme dans un moulin, sans jamais frapper. Une chambre d'enfants que je déteste, avec un lit superposé bleu turquoise sur lequel sont collés de ridicules stickers en forme de guirlande, un tapis, une étagère remplie de jouets, une malle remplie de jouets, des boîtes sous le lit remplies de jouets, des jouets, partout. Des Playmobil, des dinosaures, des vaisseaux spatiaux, des petites voitures. Mon espace se résume à une minuscule enclave, cachée derrière le lit superposé, à côté de la fenêtre, où il y a mon bureau et ma bibliothèque. J'y dissimule mes carnets entre des livres, parfois aussi sous mon matelas ou dans le double fond d'un tiroir. Rares sont les cachettes qui survivent à la tornade inquisitrice. Elle dit que le journal intime est sa limite. Qu'elle ne l'ouvrira jamais. Mais je ne la crois pas. Je sais qu'elle le fera parce que sa mère le lui a fait quand elle était jeune. Et ma mère n'est pas du genre « j'apprends de mes traumatismes ». Elle répète en boucle. On peut même dire qu'elle en a perdu la vue. Ça a commencé quand elle avait dix ans.

Elle a les yeux bleus, Belinda. Elle a le front blond, Belinda. Ça fait dix fois qu'elle s'en va et qu'elle revient. C'est elle qui fait mon cœur et qui défait mon cœur de ses mains. Si vous la voyez, vous la reconnaîtrez…

Son père chante à tue-tête dans la voiture longeant la côte méditerranéenne. Elle, rit à gorge déployée tout en singeant la danse des claudettes, assise sur le siège passager. Claude François va mourir bientôt, comme sa grand-mère et comme sa cousine. En attendant, ma future mère profite d'un espace entre deux morts, le temps d'un voyage en Italie avec son père, juste elle et lui.

Il a fallu trouver un nouveau mode de garde maintenant qu'elle ne va plus chez sa grand-mère. Après l'école, elle se rend désormais à pied jusqu'à L'Abri, le centre social où travaille sa mère. Elle joue dans le parc bordé de pins avec les enfants des pensionnaires jusqu'à ce que sa mère ait terminé sa journée. C'est un refuge où des enfants viennent mettre au monde des enfants.

Un lieu agité, remplis de cris, de pleurs, d'éclats de rire, d'échanges musclés entre éducatrices et jeunes mamans et d'autant de moments de vie partagés faisant de cet ensemble de femmes une seule et grande famille redoutée de tous, telle une tribu amazone. C'est comme ça qu'on les appelle d'ailleurs, les amazones, en référence à ces femmes de l'histoire antique, guerrières nomades, cavalières hors pair chevauchant les steppes du Caucase qui ont, avec le temps, été relayées au rang de mythe. Il y a un flou historique les concernant parce qu'on n'a pas voulu y croire. Parce qu'on regarde l'Histoire avec des yeux d'hommes. Parce que même Dieu, on le genre au masculin. Pourtant elles étaient là, juste sous nos pieds, enterrées avec leurs armes dans de grands caveaux. Le problème c'est qu'un squelette, c'est non genré. Alors les scientifiques ont fait une équation simple : présence d'arme égale sépulture masculine. Quelle surprise quand les test ADN ont révélé que les ossements étaient de sexe féminin ! Des os lourds, parfois marqués de plusieurs trous et entailles, blessures de guerre suffisamment puissantes pour se graver dans l'os, sans entraîner la mort pour autant. Elles déambulaient à dos de cheval, avec leur mètre quatre-vingts pour certaines, leur musculature de grandes sportives parcourues de blessures en tout genre, faisant la guerre et l'amour puisqu'elles élevaient des enfants. Elles ne se coupaient pas les seins pour pouvoir tirer à l'arc, pas plus qu'elles ne tuaient les bébés garçons ni n'asservissaient les hommes, comme la légende aime à nous le faire croire. Ces mythes-là sont nés de l'étrange mélange entre inquiétude et fascination que provoquent les femmes puissantes. Fantasme dangereux d'un monde sans hommes. Il fallait les tuer à tout prix. Dans la mythologie grecque, d'Athènes à Troie, elles ont été sans cesse vaincues.

Quand Claude François se produit en concert aux Arènes de Nîmes, les amazones y amènent ma future mère. Entre deux chansons, la star se déleste de son peignoir en le jetant dans la foule, comme un morceau de viande balancé dans la fosse aux lions. Sans hésiter, les filles s'élancent toutes griffes et crocs dehors, arc au poing. À la fin du concert, la petite fille repart fièrement assise sur les épaules de l'une d'entre elles, un bout de peignoir bleu marine à la main.

C'est la première fois qu'elle sort de France. Aux abords de la frontière, son cœur bat fort dans sa poitrine. Mais à son grand étonnement il n'y a pas de fouille de véhicule, ni de grande muraille, ni de changement de décor particulier. Toujours la mer et au loin la montagne. C'est à peine si elle a eu le temps de s'apercevoir que la frontière était franchie. Elle se demande de quelle manière les gouvernements décident de tracer une ligne invisible sur le sol, comme celle que l'on fait du bout du pied pour délimiter les camps au jeu de la balle au prisonnier. Pourquoi ici et pas là-bas, quelques mètres plus loin. Elle s'imagine les hommes politiques comme des enfants dans la cour de récréation, « on disait qu'ici c'était chez moi et ici c'était chez toi ».

À mesure que les kilomètres passent, le nez collé à la fenêtre, elle remarque que le sable est devenu galets. Les immeubles aussi ont changé, passant d'un rouge pastel à une multitude de couleurs éclatantes. Les panneaux sont illisibles. Les voilà arrivés à Savone.

Une chambre d'hôtel simple avec du granit au sol, des lits jumeaux recouverts de draps blancs, un bureau, une chaise, un téléphone et une salle de bains avec bidet et baignoire. Par la fenêtre, on peut voir un petit cours d'eau se faufiler sous un pont et, à côté, un terrain de foot.

Elle a les yeux bleus Belinda… L'eau chaude coule sur ses pieds et les bulles de savon commencent à former une mousse épaisse qui recouvre bientôt tout son corps. Elle se lève en fredonnant pour s'apercevoir dans le miroir avec une barbe blanche ou une crête sur le sommet de la tête, et retombe chaque fois dans l'eau en riant, provoquant de petits raz de marée. Elle coupe l'eau avant qu'elle ne déborde, comme sa mère le lui a appris. Il n'y a plus que le bruit du clapotis et au loin la voix tonitruante de son père au téléphone qui parle affaires, comme souvent.

C'est le changement de décibels qui l'interpelle. Un chuchotement mielleux qu'elle ne lui reconnaît pas. Bientôt, elle distingue les mots.

Allô mon amour… Oui je suis bien arrivé… Tu me manques… J'aimerais être dans tes bras…

Plus un mouvement à la surface de l'eau. Elle s'immobilise net. Quelque chose la cloue sur place, affûtant soudain tous ses sens comme la biche mise en joue par le chasseur. Cette chose prend racine dans l'illogisme de l'utilisation du *je*, « je suis bien arrivé ». À sa mère il aurait dit « nous sommes bien arrivés », car comme pour toute mère elle sait bien que c'est sa vie à elle, la vie de sa fille, qui compte. Bien plus que sa vie à lui. Lui qui est sans cesse en déplacement. C'est son inexistence dans le dialogue qui le trahit en premier lieu. Et cette suppression d'elle prend corps dans la réalité. À cet instant, elle veut cesser d'exister. Disparaître sous l'eau du bain. Il n'y a qu'à se laisser glisser. Mais pour ça il faudrait cesser d'être immobile et, pour un court instant, exister à nouveau.

Elle reste pétrifiée ainsi jusqu'au déclin du jour. C'est lui, de sa grosse voix, qui vient lui redonner corps. Chérie ! Tu sors du bain ? Il faut partir au restaurant ! Non sans difficulté, elle hisse son corps d'enfant fripé hors de l'eau froide, attrape une serviette et sèche son incrédulité avant de sortir de la salle de bains, comme si de rien n'était.

Elle le regarde dévaler les marches en sifflotant et jusque sa manière de se mouvoir lui semble différente. Il est soudain plus homme que père, presque un étranger. Arrivés à la réception, il tâte ses poches. Merde ! Mes cigarettes ! J'arrive tout de suite. Il remonte les marches deux par deux tandis que la petite fille s'assoit dans un large fauteuil rouge installé devant la réceptionniste qui décroche le téléphone à l'instant. Un certain Signore qui porte son nom de famille demande une certaine Signora qui porte le nom de famille de la secrétaire de son père. Quand il redescend, elle lui dit tu en as mis du temps ! Qu'est-ce que tu faisais ? Dernière tentative désespérée du déni de l'emporter sur la réalité. Rien. Je ne trouvais plus mes clopes !

Elle ne comprenait pas l'italien mais ce qu'elle avait compris c'est qu'elle était devenue en à peine quelques heures la complice d'un encombrant secret. Cette frontière-là avait été plus franche. Plus nette. Il y aurait le monde d'avant et celui d'après.

Papa passe encore des heures au téléphone quand maman n'est pas là. Maman ne se doute de rien.

Elle continue d'écrire dans son journal intime. De consigner ses secrets, un à un. Et lui continue de mener une double vie avec sa secrétaire. Et sa mère continue de travailler avec les amazones.

Il y a plusieurs niveaux de secrets. Un comique de situation digne des plus mauvaises pièces du théâtre de boulevard où chacun entre et sort de scène en faisant mine de ne pas savoir que l'autre sait. L'acte I dure de ses neuf à ses treize ans. Le père, la fille, la mère, la secrétaire. Le père ne sait pas que la fille sait ce que la mère ne sait pas.

Quand elle a treize ans, un nouveau personnage fait son entrée. Une petite fille chargée d'apporter un peu de lumière au tableau familial qui s'assombrit d'année en année. On la prénomme Luce. En italien, *luce* signifie « lumière ».

Ce que personne ne sait en revanche, c'est qu'en coulisse, dans l'obscurité la plus totale, un autre bébé naît. Un garçon. La même année que Luce. Du même père. Il ne va voir son fils qu'une fois à la maternité et quitte la secrétaire. Il l'avait prévenue. Il n'est pas question qu'il élève cet enfant.

Les deux mères sont tombées enceintes en simultané. Des quasi-jumeaux.

Ma future mère de treize ans, celle qui voyait tout, ne voit rien de cette grossesse, rien de cette naissance. Elle apprend que la secrétaire a démissionné. Elle se dit qu'enfin, peut-être, tout redeviendra comme avant, à ceci près qu'elle n'est plus fille unique.

Et puis les coups de fils recommencent, avec une autre femme.

Cette fois sa mère sait, mais ça elle ne le sait pas.

Papa et maman s'engueulent. Je crois que ça y est, maman sait tout.

Elle écoute, l'oreille collée à la porte de sa chambre. Sur son lit, sa petite sœur en pyjama bleu, un hochet à la main, la regarde avec des yeux ronds. Chut, ne fais pas de bruit, Luce. Il faut entendre à travers le couloir et l'entrée jusqu'au double salon où se trouve la chambre des parents. Par chance, que des espaces ouverts. Pas de porte entre leur chambre et le salon, simplement des stores en bois coulissants.

Les cris font place au silence. Elle a pu s'approcher plus près en incitant Luce à agiter son hochet tandis qu'elle évoluait dans le couloir sur la pointe des pieds. Elle entend désormais la voix habituelle de sa mère, calme, froide, tranchante. Lui, en retard sur le tempo, s'agite encore. C'est une négociation.

Je veux que tu partes. Je veux que tu fasses tes valises et que tu t'en ailles.

Ces mots frappent l'espionne comme des coups de poing. Elle le déteste pourtant, elle aussi, mais elle ne peut s'empêcher d'éprouver de la peine. C'est sa faiblesse, semblable à celle d'un petit garçon qui la tourmente, et ce jusque dans l'infidélité, puisqu'elle en est l'origine. Au contraire, elle sait sa mère forte, solide. Elle qui a tant désiré se délester de ce poids, le voir puni pour ses actes, voilà qu'à cet instant précis elle donnerait tout pour que sa mère se taise.

Lui se défend à l'aide d'un bouclier imparable.

— Tu ne peux pas me priver de mes filles. Luce est trop petite. Elle a besoin de ses deux parents.

— Et donc quoi ? On va leur dire quoi à tes filles ? Vos parents se séparent mais restent ensemble ? Quelle cohérence !

La négociation prend une tournure étrange. Chacun campé sur ses positions. Il faut trouver un compromis. Pour arranger l'humiliation et maintenir dans le même temps la place du père au sein du foyer, ils finissent par décider la chose suivante : il partira la semaine vivre auprès de sa maîtresse et rentrera le week-end à la maison. Aux filles, on leur dira qu'un nouveau contrat l'oblige à partir toutes les semaines en voyage d'affaires, en attendant que Luce soit assez grande.

Ma future mère n'en perd pas une miette. Et pendant quatre ans, chaque semaine, son père part en voyage d'affaires.

Il est 6 heures du matin. L'aube se lève et avec elle le soleil qui dirige ses premiers rayons sur la carrosserie blanche d'une voiture de police stationnée devant l'immeuble. Les jeunes filles se regardent, dubitatives. Ni le soleil ni la voiture n'étaient là quand elles sont descendues chercher leurs chocolats chauds. L'aube sonne le glas de leur nuit blanche. Elles l'ont passée dans la cage d'escalier, assises sur les marches entre deux étages pleins du souffle paisible de leurs habitants endormis. Elles étaient les gardiennes de la nuit. Les deux seules personnes éveillées au monde. Un sentiment de liberté inégalable sans inconfort aucun puisqu'elles étaient à la fois à l'intérieur et hors de chez elles. En haut, l'appartement de ma future mère, en bas, celui de sa meilleure amie. Des corps de parents au-dessus de leurs têtes et en dessous de leurs pieds. Elles ont passé la nuit à parler de garçons, comme souvent. Elles ont dix-sept ans. Et comme souvent, elles n'ont pas respecté l'heure imposée par les parents.

Quand elles pénètrent dans le hall, ce sont d'abord les sons. Les voix de leurs parents mélangées, le bruit des chaussons qui frottent le marbre du hall, les stylos des policiers sur le papier de leurs petits calepins. Elles sont accueillies par des reproches en canon, leurs chocolats chauds fumants encore intacts à la main.

Mais où étiez-vous ? On a eu tellement peur ! Qu'est-ce que vous avez foutu ? Vous êtes complètement inconscientes.

C'est sa mère à elle qui s'est réveillée en premier. Parce que Luce fait des terreurs nocturnes toutes les nuits depuis quatre ans. Elle a passé la tête dans la chambre et s'est aperçue de l'absence de sa fille. Elle est allée toquer à la porte de ses voisins. Ensemble, ils sont descendus par la cage d'escalier, pile au moment où les filles ont passé la porte pour se rendre au café du coin. Ils les ont cherchées partout, jusqu'au parking de la résidence. Ne les trouvant pas, ils ont téléphoné à la police.

Les filles s'excusent, tentent de se défendre mais rien n'y fait, l'inquiétude a été trop grande, trop vite. Elles sont sommées de regagner leurs chambres respectives, immédiatement. En remontant, ma future mère remarque des larmes qui coulent sur les joues de sa mère. Elle lui dit il ne faut pas exagérer non plus maman, je suis là tout va bien.

En rentrant, elle se dirige vers sa chambre et s'immobilise sur le seuil de la porte. Tout a été chamboulé comme après un cambriolage. Les vêtements sortis des placards, le matelas retourné, les tiroirs du bureau vidés. Elle s'apprête à pousser un cri de colère quand elle voit au centre de la chambre, posé sur la moquette bleu marine, son journal intime ouvert.

Papa est encore en « voyage d'affaires ». Ils prennent vraiment les gens pour des cons.

Je pense qu'il y en a eu tellement d'autres. Pas juste la secrétaire. Pas juste la nouvelle. La nouvelle s'appelle Monique.

Papa et la vendeuse de chez Habits Neufs se regardaient bizarrement aujourd'hui. Il faisait le beau. On aurait dit un paon.

Maman me fait de la peine. Elle a l'air de tellement souffrir. Je crois qu'elle n'est pas aussi forte qu'elle le laisse paraître.

Elle fait défiler ses yeux affolés sur les pages. La mascarade est terminée. Elle n'en parle pas avec sa mère, ni ce jour-là, ni plus tard.

Peu de temps après la découverte du journal, un soir, son père vient s'asseoir sur son lit. Il lui annonce d'un air désolé qu'il quitte la maison. Elle regarde le mur en pensant « tu l'as quittée il y a bien longtemps déjà ». Les parents se séparent pour de bon. Et elle part vivre à Paris.

Lui s'installe officiellement avec Monique. Ils vivent ensemble pendant dix ans. Ni ma future mère ni Luce ne la rencontrent. Leur mère s'y oppose. Monique a des filles, elle aussi, d'un autre mariage. Elle fait partie intégrante de leur vie sans que jamais elles puissent poser un visage sur ce nom. Puis ils se séparent et Monique meurt d'un cancer. Il en est triste en secret.

Ma grand-mère, elle, reste dans l'appartement, quitte son poste chez les amazones pour devenir directrice de crèche. Elle élève Luce, a quelques amants en secret, devient ma grand-mère. Jamais plus un homme n'a fait partie de sa vie au grand jour.

Beaucoup plus tard, lorsque Luce a dix-huit ans et ma mère trente et un, leur mère reçoit une lettre. Une demande de reconnaissance de paternité. Le fils des coulisses a eu dix-huit ans lui aussi. La lettre a été envoyée au domicile familial, là où son père réside encore aux yeux de la loi puisqu'ils n'ont jamais divorcé. Elle lui fait parvenir la lettre et cesse définitivement de lui parler. Elle n'en dit rien à ses filles, rien à personne.

Quand ma mère découvre des choses, c'est-à-dire souvent, elle me hurle dessus. Certains jours, il suffit qu'elle ait passé une mauvaise journée. Je me fais traiter de petite conne, de connasse parfois, en alternance avec des prières adressées au ciel. Mais qu'est-ce que j'ai fait pour avoir une fille comme ça ? Des « ta gueule » fusent dans tous les sens. Je ne me gêne pas pour insulter copieusement en retour. Je claque les portes. Casse des objets. Elle me rattrape, continue de hurler. Je me bouche les oreilles en m'arrachant les cheveux. Elle demande à mon père d'intervenir. Il se lève, débarque dans la chambre comme un robot, hurle sans conviction « ça suffit maintenant » et retourne s'asseoir devant la télévision. Ensuite, elle me laisse pleurer. Un coup de téléphone à sa mère et à sa sœur pour se plaindre de sa terrible fille en gémissant. Un tour dans le salon. Mon père qui toque à la porte de ma chambre. Tu ne dois pas parler comme ça à ta mère. Va t'excuser. Je dis non. Je dis elle a pas le droit de fouiller partout. Il hausse les épaules. Me dit sois plus intelligente. Puis elle revient, un sourire en coin. Me prive de téléphone. Puis de sorties. Je dis t'es contente de toi ? J'applaudis.

Parfois je fais des bêtises. D'autres fois des choses un peu graves. Et il arrive que je ne fasse rien du tout. Alors il faut trouver un petit quelque chose, n'importe quoi. Me pousser dans mes retranchements jusqu'à l'outrage à agent. Là on peut me passer les menottes. Ensuite la cuisine commence. Je suis questionnée, inlassablement, jusqu'à avouer des choses que je n'ai pas faites. Des choses qui ne sont pas vraies. Juste pour qu'on me laisse tranquille.

Je suis une menteuse. Une coupable. Coupable de tout et tout le temps. Coupable pour tous. Coupable d'être.

Un soir, ma mère m'appelle pour me proposer de l'accompagner à une avant-première de cinéma. Son invité s'est désisté. Je cours dans sa chambre et ouvre le placard plein à craquer. Je laisse glisser mes doigts le long des vêtements étouffés les uns contre les autres. Il y a du cuir, du cachemire, de la laine, du coton, mais ce n'est pas ce que je cherche. Ma main tâtonne jusqu'à s'arrêter sur un chemisier en soie blanche aussi douce que de l'eau. Ma mère est allergique à la soie. Ça la gratte quand elle en porte. Elle continue à en acheter de temps en temps, espérant que le prix du vêtement vaincra sur la réaction chimique. Cinq minutes plus tard, son corps se couvre de grandes plaques rouges. Elle abandonne ensuite le coupable dans son placard, avec l'étiquette comme témoin du conflit. Elle n'y verra donc pas d'inconvénient. Je passe en vitesse le chemisier. Il est un peu trop décolleté mais ça ne fait rien, je vais mettre un soutien-gorge push-up, ceux avec davantage de mousse à l'intérieur que d'espace pour les seins. J'enfile un de mes jeans moulants et des bottines à talons, les miennes aussi, puisque je ressemble à ma mère de la tête aux hanches et à mon père des hanches aux pieds. Je marche à grandes enjambées dans l'appartement, le buste légèrement incliné vers l'arrière pour ne pas faire claquer mes talons sur le parquet. D'une main j'allume la boîte à bigoudis. De l'autre je saisis la trousse à maquillage. Je reproduis avec imprécision les gestes des héroïnes de mes films préférés et ceux de ma mère que j'observais, petite, se métamorphoser pour sortir dîner. La vapeur de la salle de bains nous offrant nos derniers instants d'intimité avant que la sonnette de la porte d'entrée vienne nous séparer.

Le résultat est passable. Après tout, je veux juste être jolie. Ne pas avoir l'air d'une gamine.

Je foule fièrement les pavés de la rue Montorgueil jusqu'au Grand Rex, surexcitée à l'idée de rencontrer des stars. Je retrouve ma mère devant le cinéma. Il n'y a pas de tapis rouge. Seulement une longue file de personnes qui attendent sous la pluie. Elle discute avec un groupe quand je l'attrape par le bras. Coucou ! Son visage se décompose. C'est à moi ça. T'es ridicule. J'accuse le coup. Me présente à ses amis. Eux me sourient. Font semblant de ne pas avoir entendu. Nous entrons dans le cinéma et montons par l'escalator jusqu'à la salle. Je sens son regard posé sur moi. J'ai honte.

C'est la première fois que je comprends l'enjeu de ce genre de soirées. Enfant, je n'attendais que le buffet pour pouvoir me faufiler entre les jambes des adultes et me gaver de carottes crues et de mini-croque-monsieur. Là il y a tous ces gens qui se regardent, les importants sur la rangée du milieu pour qu'on puisse les observer par-dessous et par-derrière. On a imprimé et collé leurs noms sur leurs fauteuils. Puis il y a tous ceux qui connaissent les importants et qui attendent, dressés sur leurs sièges comme des suricates, de croiser leurs regards. Eux n'ont pas leurs noms imprimés sur leurs fauteuils. En attendant de pouvoir parler aux importants, ils se saluent bruyamment d'une rangée à l'autre. Nous faisons partie de ces gens. Et enfin il y a les autres. Les seuls qui ont payé leurs places. Les mal assis, tout au fond de la salle ou sur les côtés. Là où on ne voit rien à l'écran. Ils affichent de grands sourires. Tout contents de voir des stars. Ils ont le droit de l'être. Quand on ne risque pas de les connaître, on a le droit de se réjouir. Sinon il faut se la jouer visage fermé, même quand on a treize ans. Faut pas montrer qu'on est impressionné.

L'équipe se tient sur la scène. Ils disent des trucs chiants et faussement poétiques en se faisant passer le micro. Tout le monde regarde Omar Sy. Tout le monde rigole quand Omar Sy parle. Tout le monde applaudit quand Omar Sy passe le micro. Surtout au fond et sur les côtés. Les lumières s'éteignent, me laissant une heure trente de répit.

Au verre d'après-projection je ne sais pas où me mettre. Ma mère parle avec tout un tas de gens, je me cache derrière son épaule sans savoir où poser mon regard ni quelle attitude adopter. Mon corps ne m'a jamais semblé si encombrant. Mes boucles faites aux bigoudis se délient, je les sens tomber sur mes épaules. Je me regarde sombrer dans la gêne à mesure que les minutes passent, comme s'il y avait une caméra braquée sur moi. J'alterne entre des moues fermées, copiées sur celles que j'ai observées dans la salle, et des éclats de rire pour montrer que je saisis le sens de la blague que je n'ai même pas entendue. On me pose des questions mais je n'ai rien à dire. Je suis en 4e, voilà c'est tout. Je vais avoir treize ans. Non je ne sais pas trop ce que j'ai envie de faire plus tard. Quand je ris, ma mère me jette des regards noirs en coin qui ajoutent à ma gêne. Quand je garde mon sérieux, c'est encore pire. Elle, se déplace dans l'espace avec aisance, se saisit d'une phrase, rebondit quand il le faut. Fait rire tout le monde. On me dit tu as de la chance elle est drôle ta maman. À eux elle leur sourit, complice, comme pour s'excuser d'avoir une fille si gênante. Dire je suis de votre côté, pas du sien, je le sais qu'elle est ridicule.

Nous rentrons avec une copine à elle. Sur le chemin, ma mère me dit que je ne sais pas me comporter. Que je suis trop à l'aise. Qu'elle ne m'emmènera plus dans ce genre d'endroits. Et puis m'habiller comme elle pour couronner le tout. Non mais pour qui je me prends.

Doucement, mon BlackBerry recommence à clignoter. Les excuses d'abord auxquelles je résiste par principe, les explications ensuite qui me font croire que nous sommes tous deux les victimes d'une immense tragédie à la *Roméo et Juliette* où les conventions sociales auraient eu raison de notre couple mais certainement pas de notre amour, irrépressible, qui sera désormais protégé des curieux par ce mariage arrangé avec Louise, notre couverture idéale, parce que c'est bien connu, ce sont les autres qui gâchent toujours tout.

C'est ainsi que je deviens la maîtresse. L'amante. La fille cachée. La pute. Le cinq à sept. L'à-côté. La briseuse de ménage. Je suis Monique. Je suis la secrétaire. Je suis toutes les autres. Je suis la femme que les femmes détestent. Je suis les femmes que ma mère déteste. Celles contre lesquelles elle a bâti sa vie.

Je ne suis pas la seule. Des maîtresses, Abel en a des dizaines. Des grosses, des minces, des belles, des laides. Il en a partout et il ment à toutes. Ne recule devant rien. C'en est presque drôle. Pendant plus d'un an il a trompé Louise avec moi qu'il trompait avec ma voisine et amie, Lola, qu'il trompait avec une autre fille et encore une autre. Digne d'un vaudeville. J'ai une place de choix dans cette pyramide de la honte. Je suis la première, la favorite du roi. L'humiliation de la reine m'est épargnée et ma longévité surpasse de loin celle des courtisanes de passage.

Rien ne change vraiment, la cage d'escalier, la nuit, encore et encore. Parfois, un mois passe sans que nous puissions nous voir. Facebook devient notre espace de rencontre, deux relations parallèles et bien différentes se créent alors, celle de la cage d'escalier faite de bisous et de mots doux et celle des canaux secrets qui flottent partout au-dessus de nos têtes, où nous explorons des dimensions plus intimes. Cette relation à distance est enivrante comme les vapeurs d'alcool et presque immédiatement déplorable comme la gueule de bois. Le désir fictionnel et la réalité de la honte s'entremêlent tout aussi simultanément que les messages s'échangent. Laissant parfois une sensation de tournis et de légère nausée. J'efface toujours les messages de peur que ma mère ne les voie. Lui les efface de peur que Louise ne les voie.

Je me sens très largement insuffisante. Il va falloir que j'y passe et vite si je ne veux pas le perdre. Les autres filles font l'amour, elles ont l'âge. Louise fait l'amour. J'oscille entre le désir d'être comme ces filles et la jouissance d'être différente. Je ne saurais dire si je suis amputée ou entière. Jamais je ne me pose la question d'être « prête ». Je suis prête à en finir avec l'enfance depuis le plus jeune âge, c'est tout ce que je sais. Et puisque ma mère m'en empêche, je dois agir dans l'ombre. Abel dit que l'on doit attendre mes quatorze ans. Mais je ne veux pas attendre.

Ça y est. Il s'est endormi. Nous ne sommes pas chez moi, ni chez lui, nous sommes chez Giorgia. C'était une surprise. Moi je croyais juste dormir avec les filles en l'absence de la mère de Giorgia, fumer quelques clopes et leur montrer ma nouvelle trouvaille : la crème dépilatoire. En fouillant dans un placard de la salle de bains, chez moi, j'ai trouvé ce tube avec une petite spatule. Je m'étais déjà épilé les jambes une fois, avec Emmy et Annouchka, ça m'avait fait mal et on avait perdu une bande qui s'était collée dans les cheveux d'Emmy. Comme toujours, on avait ri. Depuis, je me rase en me coupant et je n'ose pas toucher au maillot. Je vois en cette crème qui sent l'acide la solution à tous mes problèmes. J'en étale un peu partout, j'attends quelques minutes, ça brûle, puis je racle. Mon duvet de préadolescente tombe sur le carrelage de la douche. C'est tout doux, ça ressemble à quand j'étais petite. Je vole le tube, le mets dans mon sac et débarque tout sourires chez Giorgia. Les filles gloussent.

Ça sonne. Surprise. Ça change de la cage d'escalier. Giorgia nous laisse sa chambre. Mes copines sont là, dans la pièce d'à côté, j'entends leurs voix, ça me rassure. Et puis je suis amoureuse. Et puis je suis épilée.

Je n'ai pas eu peur. Je n'ai pas eu mal. Et j'en avais envie.

Oui j'en avais envie, mais franchement, tout ça pour ça ? J'ai attendu, attendu le plaisir, attendu les papillons dans le ventre, attendu de retrouver la sensation du pommeau de douche ou celle de la bosse de son jean – qui n'était, jusque-là, qu'une bosse sur un jean. Mais rien. Alors j'ai attendu la douleur, comme quand le dentiste va nous tripoter une dent, et que l'on croit qu'on va avoir très mal et que l'on ferme les yeux très fort, mais qu'on n'a pas mal du tout, parce qu'on est anesthésié. Au plus, on sent une pression. Là, comme chez le dentiste, rien. Rien d'autre qu'un bout de chair étranger et un peu encombrant qui se balade dans mon corps. Ah si, quelque chose ! Une ébauche de sensation qui me titille. Ah non. Juste envie de faire pipi. C'est tout. Bon. Très bien. Premier grand mensonge de l'humanité. À toutes les femmes qui regardent les vierges comme des bébés qui n'ont pas encore connu le grand cadeau de l'existence, vous repasserez. Vous êtes démasquées. Elle est nulle votre sexualité.

Pour la première fois, cachée sous les draps, j'entrevois la petite fille que j'étais, je la regarde s'éloigner de moi en riant, son pommeau de douche à bout de bras.

L'autre nouvelle dame, la fameuse, met du temps à arriver. Je n'avais pas prévu cette anicroche. Pendant quelques minutes je suis une coquille vide. Comme un serpent qui mue, ma nouvelle peau est encore trop fragile, j'ai besoin de me protéger, seule. Je ne ferme pas l'œil de la nuit. J'ai treize ans. Ce même jour, ma mère se fait opérer une dernière fois à l'œil, et Jacques, mon arrière-grand-père, le soldat de la guerre, meurt.

Quand j'ai rencontré Jacques, il oubliait déjà tout. De moi il disait « elle est jolie cette petite fille ». Il semblait me rencontrer à chaque fois. Il ne se rappelait pas de ses filles non plus, ni de la jeune femme en robe verte. Je pensais c'est à cause des rides, il faut lui montrer des photos. Sur les clichés en noir et blanc, il retrouvait son amour de jeunesse. Alors il se mettait à répéter son prénom en boucle, comme un enfant terrorisé par l'obscurité qui réclame sa mère. Mais à chaque fois que la vieille femme apparaissait, répondant « oui chéri » à l'appel de son nom, il finissait par se mettre en colère en la chassant à coups de chausson. Ce 16 décembre, Jacques avait fini par mourir d'oubli.

Ma mère est dans la cuisine, elle va mieux. Je prépare mon petit déjeuner et je sens son regard posé sur moi. De son œil valide, elle épie chacun de mes gestes et finit par me poser la question à laquelle je m'attends : « Avec Abel, vous l'avez fait ? » Je ne lui réponds pas et sors en silence de la cuisine. Est-ce le résultat fructueux d'une fouille ou l'étincelle de l'instinct maternel qui l'a poussée à me poser cette question ? Je ne sais pas. Et moi, l'ai-je prémédité par sensibilité ou par habitude d'être intrusée ?

Peut-être que la virginité quitte notre corps comme l'âme au moment de la mort. On distingue les traits de la fille sans la reconnaître vraiment. Elle ne beurre plus ses tartines de la même manière, ne débouche plus la bouteille de jus d'orange comme avant. Peut-être est-ce dans les hanches, dans la démarche. Et les mères voient. Car les mères voient tout. Et les mères jugent. Car les mères jugent tout.

Une ambiance morbide règne dans l'appartement. Lorsque je repasse devant elle, je vois sa mine défaite, des larmes coulent sur ses joues. Elle marmonne « Mais… tu es beaucoup trop jeune ». Je ne lui réponds toujours pas. Elle gardera ce visage fermé durant de longues heures. Lorsque mon père rentre, elle ne dit rien mais ne fait pas d'efforts pour changer d'attitude. Il pose quelques questions avant de s'emmurer, lui aussi, dans son silence habituel.

Maintenant je ne suis plus différente des autres aux yeux d'Abel. Il peut disposer de moi comme il dispose d'elles. Et ça me file la nausée. J'ai l'impression de devenir Louise, Lola et les autres. Car je sais désormais ce qu'elles ressentent dans leurs corps quand il est allongé sur elles. Celles de qui je reste tout à fait différente, en revanche, ce sont les filles de mon âge. Le décalage que je ressens depuis l'enfance ne s'efface pas à la faveur de cet événement, comme je l'espérais. Il prend racine, devient un mur gigantesque et dur contre lequel je me cogne. Et ça aussi, ça me file la nausée. Celle qui pourrait comprendre c'est Emmy, mais elle est repartie vivre à Nice.

Cette nausée ne me quitte plus. Je voudrais vomir, comme quand j'étais petite, avant l'école, mais rien ne sort. J'éructe du vide dans des vocalises apocalyptiques. Le mal s'étend à mes paupières, ma tête, mon ventre. Une lourdeur mesurable sur la balance. Pourtant, je ne mange pas beaucoup. Ma mère dit que je dois être malade. Nous sommes en janvier, il fait froid. Je n'ai pas refait l'amour avec Abel, l'intérieur de mon corps est trop encombré pour y accueillir une masse supplémentaire. Quand vient la nuit, la sensation s'intensifie, devient réelle et me réveille. C'est comme si un hameçon était accroché dans le bas de mon ventre et que l'on tentait de remonter le fil par tous les moyens. Et puis il y a ce sentiment bizarre d'être suivie partout, tout le temps. Comme le regard de ma mère dans la cuisine. Les Doliprane ne font pas effet, je ne comprends pas ce qu'il m'arrive. Je décide de partager mes symptômes avec Lala, l'infirmière de mon collège.

Dans son bureau du rez-de-chaussée, elle me regarde. Me pose quelques questions dont je ne vois pas l'utilité mais je me plie au jeu de l'interrogatoire. Lala ne passe pas par quatre chemins, c'est ce que j'apprécie chez elle. On se connaît déjà un peu car j'ai la fâcheuse tendance à la visiter pour un oui ou pour un non.

Contrairement à mes parents, elle me prend toujours au sérieux. Certains en jouent et croient la duper, tombant tête la première dans le piège de l'amalgame entre bonté et naïveté. C'est une bien bête erreur car la bonté de Lala est infusée d'intelligence. Elle voit, elle sait. Simplement, elle n'en joue pas. L'intelligence suprême d'accepter de passer pour une idiote. Une qualité qui me tient davantage en respect que n'importe quelle forme d'autorité. Elle parle beaucoup des femmes, de nos corps. C'est un sujet qu'elle aime. Et puis elle aime parler tout court. Parfois on vient la visiter en groupe, parce qu'elle nous fait marrer. Elle nous dit de regarder nos vagins dans le miroir, d'être à l'écoute de nos cycles, de nos hormones. Elle parle de consentement. Elle dit sans cesse que l'on doit apprendre à nous connaître en tant que femmes, que c'est la clef de la vérité, le nerf de la guerre que l'on mènera toujours, le cœur du cœur de nos vies. Ses phrases sont jonchées de métaphores et d'envolées lyriques qu'elle alterne avec des mots crus, percutants, sans verbes. Souvent, on n'y comprend pas grand-chose, on étouffe des rires, mais on y retourne pour l'écouter, parce qu'au fond, quelque chose nous touche. Ses paroles font écho à un endroit étrange qui ne passe pas par le cerveau. Ça tape juste et c'est tout. Comme une phrase dans un roman.

Lala se lève, ouvre un tiroir à l'aide d'une clef et en sort un bâtonnet blanc avec un capuchon bleu qu'elle me tend. Allez, oust ! Aux toilettes. Je reviens, rien. Un écran blanc, pas de trait rouge à l'horizon. Lala me dit de revenir le lendemain matin. Abel est là. Toujours rien.

Le mercredi suivant, elle me conduit au Planning familial. Celui du 2e arrondissement se situe derrière la galerie Vivienne, dans un joli immeuble haussmannien. Les locaux sont rassurants, des pièces en enfilade reliées entre elles par un couloir dont le parquet en point de Hongrie trahit un passé d'appartement bourgeois. Des bénévoles et autres employés s'affairent tandis que le silence règne dans la salle d'attente pourtant bien remplie. J'observe les visages de chacun. Il y a ce couple qui se tient très droit, lui n'a pas d'âge, peut-être soixante-dix, peut-être quinze, la sagesse de l'enfance dans les yeux, elle est très belle, de grandes boucles brunes à la Esmeralda, peut-être espagnole, je ne sais pas. Et puis un autre couple, lesbien, la plus masculine des deux porte un rideau de cheveux noirs bouclés de chaque côté de son visage qu'elle garde enfoui à l'intérieur, elle ne lève jamais la tête, comme si sa féminité était cachée dans ses yeux et qu'il ne fallait surtout pas voir qu'elle est une fille. Comme s'il valait mieux être une ombre. Son amoureuse ressemble à une poupée, on voudrait l'avoir sur son étagère ou en porte-clefs. Elle la tient par le cou et regarde dans le vide, ça a l'air grave. Et puis il y a cette femme seule, blonde, un peu banale, elle me regarde et je devine sur son visage la déception de l'amour, mais sans aigreur, le renoncement paisible, ça la rend belle, moins banale en tout cas. Pour quelques instants je partage l'angoisse de l'attente avec ces inconnus. Le sexe prend un visage pathétique, presque drôle, c'est comme s'il n'y avait que ça, finalement, comme si je pouvais voir chaque personne faire l'amour au milieu de la pièce.

Mon tour vient. Lala entre avec moi dans une salle où se trouvent un bureau et une table d'examen gynécologique. Cette fois-ci, on me donne un gobelet. « Il faut faire pipi dedans et y plonger le test, deux barres rouges c'est un résultat positif, une seule barre un résultat négatif », m'expliquent une dame et sa stagiaire. Mon cœur bat la chamade. Assise sur la cuvette froide des toilettes, je fixe le gobelet rempli de liquide jaune, je me demande ce que je dois en faire après, comment le verser sans recevoir des postillons sur le visage. Et le test ? Est-ce que je dois l'apporter, le jeter, refermer le capuchon, me mettre de la pisse sur les doigts, l'enrouler dans du papier toilette ? Le résultat m'arrache à mes interrogations, j'aperçois deux petites barres apparaître, d'abord roses, quasiment invisibles, puis de plus en plus rouges jusqu'à deux segments nets. Ouf, ce n'était qu'un cauchemar. Élancée par le déni, je reviens dans la salle le sourire aux lèvres. Je brandis le bâtonnet : « C'est négatif ! » La dame se saisit de l'objet et l'observe : « Je crains que ce soit plutôt une mauvaise nouvelle… » Le ciel me tombe sur la tête. Je m'affale dans le fauteuil le plus proche. Je ne comprends plus rien, un voile recouvre mes pensées. Les trois femmes m'observent avec compassion. Je ne me souviens pas de ce qu'elles me disent, elles me parlent opération, échographie, et prises de sang. À l'aide de deux petits cercles superposés nous calculons mes semaines de retard. Je devrais approximativement être autour de 5 semaines d'aménorrhée. Je vais avoir un rendez-vous à la Salpêtrière.

J'appelle Abel. Il me rend visite dans ma cage d'escalier. « Je suis enceinte », lui dis-je. Il se met à pleurer, je suis agacée. Je ne veux plus le voir. C'est à moi d'avoir peur, à moi de pleurer. Et moi je n'ai envie ni de l'un ni de l'autre. Mais il ne me demande pas. Je le quitte.

Je téléphone ensuite à Annouchka qui ne comprend pas bien. Elle semble fascinée, amusée et inquiète à la fois.

Au dîner, ma mère est en colère. Elle a encore trouvé un paquet de cigarettes dans mon sac. Je m'en fous. Je ne dis rien. Je suis ailleurs.

Les premiers jours sont particuliers. Je me sens étrangement bien. Maintenant que je sais, je ne subis plus l'étrange nausée ni la lourdeur. Plutôt, je les embrasse. Un état de plénitude me comble. Je me recentre. Je ne fume plus, je ne sors plus et je mange sain. Au collège, on en parle avec les filles mais ça leur semble loin la grossesse, un truc de quand je serai grande, c'est même quasiment impossible à notre âge, parce que faut faire l'amour pour ça et on fait l'amour comme tout le monde à seize ans, en vacances d'été, sur la plage, après on pleure parce qu'on rentre à Paris, on raconte à ses copines au café, on fait plus l'amour pendant quelque temps, puis on refait l'amour avec quelques-uns, jusqu'à en rencontrer un autre, celui de nos rêves, on tombe amoureuse, c'est merveilleux et là on tombe enceinte, on le garde, on est heureux. Je ne ressens pas la solitude à laquelle je dois faire face. Mes cours me passionnent, je m'y plonge à corps perdu. C'est mes parents qui sont contents. Je redeviens presque la petite fille modèle qu'ils aimaient tant. La première de la classe.

Je passe mes récréations à l'infirmerie avec Lala qui devient ma seule et unique confidente. Mon étoile dans la tempête. On organise mes rendez-vous. C'est compliqué, je ne peux pas m'absenter sans raison du collège. Pas question d'en parler au proviseur, un homme réputé pour son austérité, particulièrement à l'égard des jeunes filles. Lala écoute mes doutes, mes angoisses, ma haine envers Abel, elle me comprend et m'épaule. Elle me conseille, bien sûr, d'en parler à mes parents, mais mon « non » est catégorique. D'abord ma mère m'engueulerait. Ensuite elle s'accaparerait la situation. Elle en parlerait à toute la famille, à commencer par ma grand-mère et ma tante. Puis elle finirait par se noyer dans ses larmes. Elle en perdrait son deuxième œil, à coup sûr. Mon père, lui, perdrait confiance en moi. Et tu comprends Lala, sa confiance j'en ai besoin. C'est la chose sur laquelle je repose tout entière. Ma seule alliée face à l'Inquisition. Ensuite, il ne prononcerait plus jamais un mot de sa vie, déjà qu'il n'est pas très bavard. Alors tu vois, une mère aveugle, un père muet et une fille enceinte, ça ne vaut pas le coup.

Abel a tenu à m'accompagner malgré mes nombreux refus. Lala, elle, n'est pas là. Depuis la station Saint-Marcel, j'aperçois l'hôpital. La bâtisse surmontée d'une coupole me semble immense. Je suis prise d'un vertige en marchant dans le parc qui longe les différents services aux noms compliqués, tous synonymes de « grave » ou « mort ». Il y a des gens en blouse blanche qui fument devant des portes battantes, des gobelets en plastique à la main. Les mêmes que celui dans lequel j'ai pissé au Planning familial. J'ai l'impression que tout le monde boit mon pipi. Les oiseaux chantent. Des vieilles personnes errent dans le parc. Des fauteuils roulants aussi. Des gens qui ont l'air déjà morts. Il y a aussi des groupes de jeunes qui écoutent du rap depuis leur téléphone en hochant de la tête en rythme. Je me dis que ça doit vraiment être la merde chez eux pour se sentir bien ici.

J'arrive devant un bâtiment isolé, visiblement l'aile des avortements. Mes pas sont lourds, le temps s'étire. J'entre. L'intérieur, moderne, se démarque de la structure très ancienne du bâtiment. L'endroit est plutôt joli, ça sent le caoutchouc, comme dans un préau. Je me dirige vers l'accueil où l'on réclame ma pièce d'identité. Puis la salle d'attente. Une femme vient m'y chercher. Je ne me souviens plus de son prénom, nous l'appellerons Laurence. Elle est grande, doit avoir une soixantaine d'années. Son visage fermé lui donne l'allure d'un autre siècle. Elle ressemble à la gouvernante d'une maison bourgeoise du XIXe siècle. Je comprends que Laurence occupe une place importante dans le secteur, je la perçois comme une sorte de tutrice. Elle nous invite à rejoindre son bureau où elle nous pose de nombreuses questions. Sur un ton froid et légèrement réprobateur, Laurence nous explique la procédure. D'abord des prises de sang, puis l'échographie de datation et enfin l'intervention. Après nous avoir présenté les deux méthodes possibles – IVG médicamenteuse (avant 8 semaines d'aménorrhée) ou par aspiration sous anesthésie générale (jusqu'à 14 semaines d'aménorrhée) –, elle me demande si je compte en parler à mes parents, je réponds que non. Elle pince les lèvres et la tension monte d'un cran. Il faudra un majeur référant le jour de mon opération. Abel est certes plus âgé que moi mais il est encore mineur. Je dois me débrouiller pour en trouver un.

Nous réfléchissons à voix haute. Je ne sais pas vers qui me tourner. Laurence dit que nous devons nous « responsabiliser ». Elle tente de me faire prendre conscience de mon imprudence et de l'acte médical qui devra en découler. En bref, nous avons fait une bêtise, il faut maintenant assumer. On me laisse une semaine de réflexion. En partant, le personnel me donne de nombreux papiers. Ça ne sert à rien que je les cache, je me dis. Ma mère les trouvera. Alors je les range dans mon carnet de correspondance.

Une semaine pour « réfléchir ». Les premiers jours je suis triste, en mal d'amour. Je me frappe le ventre à plusieurs reprises. C'est sa faute à lui, ce truc dans mon ventre, je veux qu'il parte. Si seulement je pouvais m'en débarrasser seule. Sans Laurence, sans Abel, sans mes parents, sans médecins, sans adultes tout court. Seulement lui et moi. C'est entre nous deux de toute façon, non ? Qui est-ce que ça regarde d'autre ? Je me renseigne sur les méthodes dites « naturelles ». Avaler de l'acide ou un kilo de baies de goji, tordre un cintre ou croire en la puissance de mon psychisme pour provoquer une fausse couche. Autant de mauvaises idées que je balaye d'un clic. Ma haine fait demi-tour. Je bascule dans l'amour. C'est entre nous deux de toute façon, non ? Qui est-ce que ça regarde d'autre ? Je commence alors peu à peu à personnifier. Personnifier quoi, qui ?

En tout cas je finis par me sentir bien, heureuse, pleine. Je pose les mains sur mon ventre, j'ai même l'impression d'entendre les battements de son cœur. Je ne me sens jamais seule.

J'oublie peu à peu l'intervention et le reste des examens.

Seulement lui et moi. Rien d'autre ne compte.

Je n'ai que trois heures devant moi pour les prises de sang, car si nous avons pu me faire rater le cours de sport, je dois retourner au collège l'après-midi. Abel, lui, sèche les cours.

À l'accueil, une dame à l'accent antillais me demande le papier indiquant mon rendez-vous, ainsi que ma carte d'identité. Je fouille dans mon sac. Pas de carte d'identité. Elle me répond sèchement que je peux rentrer chez moi, il est inutile de se présenter sans carte d'identité. Je l'ignorais. Je tente de lui expliquer ma situation, madame vous comprenez je n'ai que très peu de disponibilités, je ne peux pas sécher les cours, je ne peux pas perdre de temps, mes parents ne sont pas au courant… Je suis coupée par des hurlements. Ce n'est pas son problème si mes parents ne sont pas au courant, je n'ai qu'à me débrouiller, je suis complètement inconsciente, « qui se permet d'oublier sa carte d'identité à un rendez-vous médical ? Hein ? Qui ? Tout le monde sait ça ! ». Ma mâchoire se crispe. Ne pas répondre, tu ne dois pas répondre. Et puis merde, eh oh comment vous parlez ? Je me mets à hurler à mon tour.

J'aperçois Laurence au détour d'un couloir, qui observe la scène. Elle s'approche : « Suivez-moi. » Nous entrons dans son bureau. Laurence me demande de lui expliquer la situation, elle n'est pas plus clémente que la dame de l'accueil. « Vous devez respecter les gens ici qui ne font que leur métier. » Je vois le mépris, je vois le jugement, je vois le « chez moi ça n'arriverait pas », ils croient tous que je ne vois pas mais je vois. Et vous voyez, mes parents aussi pensent que chez eux ça n'arriverait pas. Elle finit par me délivrer un autre rendez-vous. Abel ne dit rien, la pression de ses doigts sur ma cuisse tente de me calmer mais rien n'y fait. Depuis que ma haine a changé de camp, je ne suis que colère contre le monde entier. Je quitte l'hôpital les joues mouillées et les poings serrés. Lala me console comme toujours et me dit qu'elle viendra avec moi pour les prises de sang.

Sa présence m'apaise et me protège. Antillaise comme la dame de l'accueil, elle lui parle créole tandis que je me cache derrière son manteau orange. C'est une femme imposante. Son mètre quatre-vingts et sa forte poitrine lui donnent l'apparence d'une peluche géante. Les deux syllabes jumelles qui forment son prénom résonnent comme une mélodie, une berceuse qu'on me chuchote pour m'endormir. Deux notes qui pourraient se répéter en boucle, éternellement. Comme un air d'opéra. D'abord le *l* qui caresse le palais puis le *a*, franc, direct qui se prononce la bouche bien ouverte. Pas de consonne gutturale. De l'apprentissage de la parole à notre lit de mort, on sera toujours en mesure de prononcer « Lala ». C'est un prénom qui se passe de dents. Avec elle, rien ne peut m'arriver. Dans la salle d'attente, je lui confie mes angoisses. J'ai très peur des piqûres. Je n'ai jamais fait de prise de sang. Elle tente de calmer mes craintes sans y parvenir. Au même moment, Laurence passe dans le couloir, je la lui montre discrètement du doigt.

Lala se lève d'un bond et lui marmonne quelque chose que je n'entends pas avant de revenir vers moi. « Viens », me dit-elle. Je me lève, fébrile. « Madame Laurence va nous accompagner, on va aller chercher une crème anesthésiante pour ton bras, comme ça tu ne sentiras rien. » Lala me fait un clin d'œil tandis que nous nous engageons dans l'escalier. Elle dit : « Madame, je voulais vous dire, la petite m'a parlé de l'accueil que vous lui avez réservé les deux fois où elle est venue, je voulais vous en remercier, c'est comme ma fille vous savez, et malheureusement je ne peux pas toujours l'accompagner à cause de mon travail. Alors je suis heureuse de savoir qu'on prend le relais et qu'on s'occupe bien d'elle ici. » L'intelligence suprême d'accepter de passer pour une idiote. Je vous l'avais dit.

À ces mots, Laurence est prise d'une gêne qu'on peut deviner à la couleur de ses joues. Elle balbutie quelques mots : « Bien sûr, c'est normal... » Et moi, je savoure ma victoire.

La crème anesthésiante appliquée sur mon avant-bras m'apaise. Nous remontons. Lala use encore de son charme et endort doucement l'infirmière de son flot de paroles pour attiser sa sympathie, tandis que celle-ci place un gros élastique autour de mon biceps. Aïe, ça serre, ça fait mal. Elle me pique, je ne sens pas grand-chose. Comme une mère avec son enfant, Lala me fait des blagues, plongeant ses grands yeux dans les miens pour que je ne regarde pas mon bras qui perd peu à peu sa couleur. L'infirmière demande si je veux, par la même occasion, être dépistée pour les MST. Soutenue par Lala, je réponds par l'affirmative. « Ça sera fait », me dit-elle en sortant une douzaine de fioles neuves. Je demande s'il va falloir remplir « tout ça ». Là aussi, la réponse est affirmative. La peur m'envahit à nouveau. Je manque de pleurer lorsque l'infirmière s'agace : « Oh là là, il n'y a plus de sang dans cette veine, il faut que j'en trouve une autre... Mais je n'en vois aucune... » Elle tape énergiquement de ses deux doigts sur le pli de mon avant-bras pour en faire apparaître de nouvelles et s'y reprend à deux fois avant d'en piquer une correctement. La scène tourne au cauchemar. C'est bien tout ce que je craignais d'une prise de sang. Ma main libre s'est saisie de celle de Lala. Je la serre très fort. Lorsque l'étau autour de mon bras se relâche, je peux enfin respirer. Je me lève et fais quelques pas mais mes jambes se dérobent sous moi. Lala me fait asseoir et demande un verre d'eau. Je suis pâle. J'entends mon cœur battre dans mes oreilles et en arrière-plan sa voix : « Elle fait un malaise, apportez-moi du sucre, vite. » Puis elle m'allonge par terre, dans la salle de bains attenante au bureau de l'infirmière, et soulève mes jambes qu'elle place contre le mur. Je me repose là et retrouve mes esprits tandis que Lala converse avec l'infirmière. Comme lorsque, enfant, je m'endormais sur le canapé à la fin d'un dîner, la tête posée sur les genoux de ma mère, son gilet en guise de couverture, je me laisse bercer par les mots des deux femmes sans en saisir le sens.

Nous partons. Dans le métro du retour, Lala me dit que j'ai été très courageuse.

Trouver un majeur référent est, contre toute attente, une épreuve de taille. Je ne connais personne de majeur et de suffisamment proche de moi pour pouvoir endosser un tel rôle. Nous sommes tous très jeunes, mes plus vieux amis ont alors seize ans. Lala ne peut pas non plus. Les IVG se pratiquent le mercredi matin et le vendredi. Deux jours où elle travaille. Finalement, une amie d'Emmy que je ne connais pas se propose. Âgée de dix-neuf ans, elle semble être la candidate parfaite. Après un échange de textos, nous convenons de nous retrouver pour prendre le métro ensemble avant le rendez-vous. Je me rends donc à la station Sentier, prise encore par le temps pour ne pas rater trop de cours.

Cinq, dix, quinze, vingt minutes... Pas de nouvelles. J'appelle, je rappelle, j'envoie des sms, rien. J'appelle Emmy, pas de réponse non plus. Le temps passe, je suis immobile au milieu du ballet incessant de la rue Montorgueil. La fameuse sensation de l'enfance me revient, l'impression d'être nette dans un monde flou, coincée dans une autre temporalité. La rue a bien changé. Les petits commerçants sont partis, laissant place à des chaînes de cafés-restaurants ornés d'amas de fleurs en plastique. On y croise des influenceurs et des stars de la télé-réalité, de microscopiques chiens en tout genre et beaucoup de selfie sticks.

Petit à petit, la panique me gagne et avec elle, les larmes. L'heure du rendez-vous arrive, toujours pas de nouvelles. Je retourne au collège. Encore un rendez-vous manqué. Je n'ai aucune autre solution. Mon imaginaire d'adolescente turbine. J'ai peur que Laurence m'engueule, j'ai peur qu'on m'interdise d'avorter, j'ai peur qu'on me rejette, j'ai peur qu'on retourne Lala contre moi, lui montrant comme je suis irresponsable. Je ne sais plus quoi faire.

Lala appelle immédiatement l'hôpital et me trouve un nouveau rendez-vous. Pour la première fois derrière son sourire d'ange gardien, je la sens fléchir. Elle tape sur son clavier d'ordinateur, efface, recommence. Je ne vois pas l'écran. Puis elle passe un appel. Mme Pommiers, l'assistante sociale du collège, arrive alors dans la pièce. Je ne la connais pas vraiment, je ne suis jamais allée la voir, mais sa réputation la précède. C'est vrai qu'elle est jolie.

Lala lui expose ma situation en baissant la voix. On dirait un réseau d'espions qui organise mon exfiltration. Mme Pommiers se montre douce et compréhensive. Elle accepte la mission. Elle sera le majeur signataire.

Depuis que je suis enceinte, je ne traîne plus après les cours. Je rentre directement chez moi. Le plus souvent, ma mère travaille en pyjama dans le salon. Elle a changé de travail quand j'étais petite parce qu'elle ne me voyait pas assez. Et depuis qu'elle écrit des scénarios, je la vois trop.

Je tourne la clef dans la porte, priant pour être tranquille, mais elle est là, affalée sur le canapé, son ordinateur sur les genoux. Ça va chérie ? Elle est plutôt sympa ces derniers temps.

Oui et toi ? Je me dirige vers ma chambre. Attends, viens me voir s'il te plaît. Je dis je pose mon sac et j'arrive. Elle me répond non viens ! Je n'ai pas envie de paraître suspecte, alors je me plante devant le canapé, mon manteau encore sur le dos.

Tu peux me passer ton carnet de correspondance, s'il te plaît ? Je voudrais prendre rendez-vous avec ta prof de français, tu sais la dernière fois elle m'avait demandé si je pouvais lui donner des noms de formation de scénariste.

J'essaie de rester impassible mais je crois que je deviens blanche, peut-être même transparente en une fraction de seconde.

Ben pas besoin de lui écrire, je lui dirai.

T'es cheloue hein, tu caches un mot ou quoi, donne-moi ton carnet.

Je lui tends mon carnet en le tenant par les deux mains, pour contenir les tremblements. Ma tête bourdonne. J'essaie d'adresser une prière à Dieu, que je ne sollicite plus qu'en cas d'extrême urgence, surtout depuis qu'il a pris mes vœux d'enfantement un peu trop au sérieux, mais je n'arrive même pas à me concentrer sur ma prière.

Ma mère ouvre le carnet en plein milieu, tenant de sa main gauche la couverture boursouflée par la quantité de papiers médicaux qui s'y cachent. Elle inspecte les pages. Je regarde le parquet.

Elle finit par lever la tête en riant. C'était ça que tu ne voulais pas que je voie ?

À l'envers je lis un mot oublié du prof de sport. *Marie devrait davantage se concentrer en cours d'EPS. Le cycle menstruel, ce n'est pas toutes les semaines !*

Je ris avec sincérité de l'ironie de la situation. En effet, en ce moment, le cycle menstruel ce n'est pas toutes les semaines. Elle n'est pas très sportive non plus alors elle comprend. Tout ce qui lui ressemble chez moi la fait rire. Le reste l'énerve.

Elle signe le mot, écrit le sien pendant ce qui me semble durer une éternité et me tend mon carnet que je remets immédiatement dans mon sac. Je cours m'enfermer dans la salle de bains, le temps de retrouver un rythme cardiaque normal.

J'ai rendez-vous pour l'échographie. Mme Pommiers n'a pas pu venir avec moi, mon rendez-vous tombe sur ses heures de travail. C'est Lala qui s'occupe désormais de transmettre et de négocier ces informations avec l'hôpital. Au collège, on n'en parle quasiment jamais avec Giorgia et Annouchka. Et ça me convient plutôt bien. Avec elles, au moins, j'ai le sentiment d'être une adolescente normale. C'est leur manière d'être là. Mais cette fois-ci, Giorgia insiste. Si, je t'accompagne.

Nous arrivons en début d'après-midi à l'hôpital, Giorgia, Abel et moi. La dame de l'accueil me reçoit sèchement, je lui renvoie sa froideur. J'ai bien ma carte d'identité. Je suis dirigée vers la salle d'attente. Les heures passent. Personne ne vient me chercher et je n'ose pas demander à l'accueil. Avec Giorgia et Abel, nous conversons, nous rigolons. Puis l'attente finit par se faire longue, si bien que chacun notre tour, nous nous assoupissons. D'autres femmes arrivent tout au long de l'après-midi dans cette petite salle d'attente et sont reçues avant moi.

Il y a des flyers et des posters partout qui donnent des couleurs à la pièce. Entre les mots « VIH », « VIOLENCES CONJUGALES », et « IVG », de petits aquariums sont remplis de préservatifs.

Chaque membre du personnel qui passe dans le couloir me jette un coup d'œil empreint de jugement, de curiosité ou de pitié, comme on regarderait un singe en cage. Moi, je vis cette attente infinie comme une punition.

Au bout de quatre heures, à la nuit tombée, mon tour vient enfin. Je me lève et tandis que je m'éloigne, un frisson parcourt mon corps. Les poils de mes bras se hérissent. Comme s'ils ne venaient pas de moi, des mots se précipitent vers ma bouche. Je me retourne et lance à Abel et Giorgia : « Et si c'étaient des jumeaux ? » Ils rient.

L'échographiste m'explique la procédure tout en appliquant du lubrifiant sur une sonde. Ça va être un peu froid, mais ne vous inquiétez pas, tout ira bien. Elle tourne alors l'écran de sorte que je ne puisse pas le voir. C'est vrai que c'est froid. Je la vois plisser les yeux en rapprochant son visage de l'écran. Mon anxiété ne se fait pas prier pour montrer le bout de son nez. Elle se retourne vers moi, d'un air désolé : « Mademoiselle, ce sont des jumeaux. » Je suis davantage surprise par ma fulgurante vision que par l'information en elle-même, comme après ce dessin de ma mère enceinte, en maternelle.

Je retourne dans la salle d'attente, mon dossier échographique serré contre ma poitrine. Je m'assois, le regard dans le vide, et annonce la nouvelle à mon tour. Les premières minutes, ni Giorgia ni Abel ne me prennent au sérieux, pensant simplement que je termine la blague commencée lorsque je m'étais levée. Puis je leur montre les images de l'échographie devant lesquelles ils restent sidérés. Au centre de l'image grisonnante, deux petites silhouettes flottent côte à côte dans un trou noir qui me paraît infiniment grand, triste et vide. Je repense à Clara, une copine de primaire, qui un mardi midi s'était plainte d'avoir mal à la tête. Tout était allé très vite. Les grandes portes qui séparaient la cour de récréation du préau fermées. Clara allongée sur un tatami. Les yeux ouverts. Vides. Comme une poupée de chiffon. Des crânes rasés en uniforme bleu foncé et rangers aux pieds. Ce préau immense, le silence, et le tout petit corps de Clara allongé. Le lendemain, elle n'était pas revenue en classe. Ni le jour d'après. Et ni ceux d'encore après. Dans sa tête, ils avaient trouvé un petit caillou qu'on appelle une tumeur. On allait parfois rendre visite à Clara chez elle. Elle n'avait plus de cheveux, la peau d'enfant devenue rugueuse comme du papier de verre. Ensuite, Clara est morte.

Abel et Giorgia doivent s'en aller, il se fait tard. Moi j'attends mon dernier rendez-vous. Je reste seule, les yeux rivés sur l'échographie. Quelque part, l'idée de leur non-solitude me rassure. Ils sont arrivés ensemble et ils repartiront ensemble. On a toujours moins peur avec un copain. Je me dis que Clara les accueillera au paradis.

La sage-femme qui me reçoit quelques instants plus tard m'explique que je suis enceinte de 7 semaines. Une grossesse gémellaire implique un risque plus grand, la prise de médicament est déconseillée en raison du stade déjà avancé de gestation. Il pourrait y avoir un problème d'évacuation. Ce sera donc une opération sous anesthésie générale, elle aussi plus risquée que pour une grossesse « unique ». Le mot « risque » répété à plusieurs reprises m'interroge. Quel sens caché revêt ce mot exactement ? De quel risque parle-t-on ? Et si l'opération rate ? Et que je ne peux plus jamais avoir d'enfant ? C'est cette même femme qui m'expliquera que c'était ça, la petite part de risque dont elle m'avait parlé au premier rendez-vous. Je me contente d'écouter et d'acquiescer. Dans la continuité de ma punition, je m'inflige le silence.

Soudain, la dame dit : « Est-ce que vous tenez le coup, mademoiselle ? » Sa demande me laisse sans voix. Prise de court, je ne réponds pas. Ses mots viennent d'enrayer brusquement la machine infernale de ma survie. Ballottée entre les différentes équipes médicales, malmenée par les jugements impartiaux, scrutée par les regards désapprobateurs, la symphonie avait fini par m'être familière. Cette petite fausse note produit l'effet d'un cataclysme en moi. Comme si tout ce que j'avais précairement construit était en train de s'écrouler.

La sage-femme tente de reformuler sa question : « Je veux dire, est-ce que vous allez bien ? Vous savez, j'ai conscience que ça ne doit pas être facile pour vous… » Pour tenter de remettre la machine en marche, je lui réponds que je fais avec : « Je n'ai pas bien le choix de toute façon non ? », puis j'enchaîne sur des détails pratiques. Elle reprend : « Je vous trouve d'une maturité étonnante pour votre âge, mais vous savez, il n'y a pas de mal à avoir besoin d'aide, à n'importe quel moment de la vie et pour n'importe quelle raison. Peut-être que tout ça est un peu trop lourd à porter pour vos petites épaules ? Peut-être auriez-vous besoin d'en parler à quelqu'un de proche, de plus âgé ? » Je me sens prise au piège. Encore mes parents, toujours mes parents, elle est comme les autres finalement, soulager sa conscience, voilà ce qui l'intéresse. Que mes parents sachent pour que personne ne soit responsable de ça. Je me ressaisis : « Vous voulez parler de mes parents ? » La sage-femme acquiesce, je la pense gênée d'avoir été immédiatement comprise malgré la délicatesse de ses allusions. Je continue : « Non, je ne veux pas les inquiéter, ils ne comprendraient pas. » Elle me sourit : « Je suis sûre qu'ils comprendraient très bien, vous avez l'air d'avoir reçu une très bonne éducation. — Non, vous ne connaissez pas ma mère, c'est impossible. » Une certaine tristesse voile son regard lorsqu'elle met fin à l'entretien. Elle ajoute sur le pas de la porte : « Je comprends et respecte votre décision, mais gardez à l'esprit qu'il n'est jamais trop tard, un parent ne cesse jamais d'aimer son enfant. »

Je retourne à l'hôpital pour fixer la date de mon opération. Laurence me propose des dates pour la semaine suivante, elle sait que ce sera la deuxième semaine de vacances scolaires. Lorsque je lui annonce que ce n'est pas possible car je pars au ski avec ma famille, Laurence soupire longuement et marmonne : « On ne va jamais s'en sortir… » Laborieusement et sans que j'aie vraiment le choix, nous nous accordons sur la date du mercredi 14 mars 2012. Je vais devoir m'arranger pour rater les cours, une dernière fois.

Lorsque je regarde aujourd'hui les photos de ces vacances, je vois une famille heureuse. Un petit garçon qui fait du chasse-neige, mon père grimaçant devant un plat de spaghettis bolognaise, ma mère et son masque trop grand, Giorgia rigolant de la grimace de mon père et du masque de ma mère. Et puis il y a moi, étrange enfant-adulte, le regard vide, lointain. C'est ma solitude qui me frappe en premier. Je ressemble à un esprit qui viendrait hanter les photos de famille. Pourtant, ma doudoune rouge et ma chevelure blonde brillent de toute part, joli trompe-l'œil. Tout comme mes sourires qui viennent donner l'illusion que je ne suis pas ailleurs. En réalité, je ne regarde pas l'objectif, mes yeux sont tournés vers mon âme, ils plongent profondément à l'intérieur de mon corps, à la recherche de ce très abstrait trésor qui m'habite et me fait voir le monde différemment. Une photographie ne ment pas, comme un révélateur d'encre invisible, elle nous montre les secrets et les vérités les plus insondables.

Un sourire mélancolique, une larme retenue, rien ne lui échappe.

La présence de Giorgia me rassure. Je ne peux m'empêcher de ressentir de la joie à l'idée de retarder encore un peu l'opération, profiter de ma grossesse loin de Paris, loin d'Abel, loin de tout.

En pratique, ce n'est pas si facile. Dans notre petit appartement pour cinq personnes, les espaces d'intimité sont restreints. Il y a une piscine et un spa dans la résidence, Giorgia me rappelle à l'ordre lorsque, par mégarde, je me laisse aller et relâche mon ventre devant mes parents. Car des jumeaux impliquent que tout est deux fois plus voyant. J'ai déjà pris presque huit kilos, mon ventre commence à former un joli arrondi et je ne ferme plus mes jeans. L'épreuve du maillot de bain est périlleuse.

Sur les pistes, j'ai peur. Je skie en arrière, la crainte d'une chute est omniprésente. Je suis hantée par les propos de Laurence qui m'a expliqué, avant de partir, que si je tombe et que les fœtus sont touchés, je devrai me faire opérer pour les retirer sur-le-champ. Je préférerais éviter de gâcher l'ambiance « vacances en famille ». Un après-midi, nous croisons par surprise des amis en bas des pistes. Ce sont des garçons un peu plus âgés que nous. Ils nous proposent de skier avec eux le lendemain et de sortir le soir. Comme deux adolescentes que nous sommes, cette idée nous enchante. En tout cas, je m'en persuade pour paraître normale. En réalité, je n'en ai aucune envie. Il y a quelques mois je n'en aurais pas dormi de la nuit, préparant ma tenue, imaginant tout ce qu'il aurait pu et tout ce qu'il ne se serait évidemment pas passé entre ces garçons et nous. J'aurais sûrement souri à Giorgia, sautant d'excitation sur le lit de notre petite chambre. On aurait débattu longtemps de celui qu'on trouve beau mais bête et de celui qui est laid mais drôle. On aurait élaboré des stratagèmes pour demander à mes parents une autorisation de sortie tardive, pour paraître « cool » et grandes. On aurait acheté un paquet de cigarettes, qu'on aurait fumé avec excès et nonchalance. On aurait peut-être trop bu, on serait rentrées en faisant trop de bruit, pouffant de rire dans les manches de nos doudounes. Et puis, on se serait fait engueuler le lendemain matin, par ma mère évidemment, et là aussi on aurait ri.

Le soir, je reçois un SMS de Pierre, un des garçons, qui nous propose d'aller boire un verre. Je ne laisse même pas à Giorgia le temps de me convaincre que je décline l'invitation. Je repense à son regard bienveillant qui repoussait de toutes ses forces sa déception. Pauvre Giorgia que j'ai enfermée avec moi dans mon quotidien de jeune mère soumise à ses fluctuations hormonales, alors qu'elle n'avait que treize ans, elle aussi. En contrepartie, j'accepte d'aller skier avec eux.

Ils vont vite. Trop vite pour moi. Je suis à la traîne. Ils veulent nous amener faire du hors-piste et puis fumer des joints dans les œufs. Les bêtises ne me font plus rire du tout. Chaque remontée vire au cauchemar. Une fois en haut, on ne peut plus faire marche arrière. Monter, redescendre, encore et encore. Je tombe à plusieurs reprises en me brûlant les mains sur le verglas pour protéger mon ventre, je pleure en cachette et je dis oui tout va bien à la voix qui me hurle « ça va ? » depuis un énième télésiège où l'on ne m'a pas attendue. Ils rient. Ils se moquent de moi. Je fais la queue, je le prends seule. Je veux que la journée s'arrête. Je veux skier entre les jambes de mon papa, réciter la table de 9, dévaler une piste noire en roulant, n'importe quoi sauf cette humiliation permanente.

Je voulais être une dame, c'est chose faite.

De retour à Paris, je suis informée qu'un rendez-vous avec un psychologue est organisé par l'hôpital. Obligatoire, ils l'avaient apparemment oublié. On me dit de venir un dimanche, je trouve ça étrange. J'ai dit à mes parents que j'allais réviser chez Giorgia. Le bleu du ciel ressemble à de la banquise tant il fait froid ce jour-là.

Je me présente à l'accueil, on me demande de patienter dehors. Je patiente. Les minutes et les heures passent. Le froid fige mes pensées et l'angoisse de devoir m'exprimer sur cette histoire pour la première fois s'évapore dans l'épaisse fumée blanche que je recrache à chaque respiration. Je ne suis jamais allée voir de psychologue.

Un monsieur grisonnant au costume trop grand, lunettes sur le nez et dossier sous le bras, se présente finalement à moi. Il est si pressé qu'il ne s'arrête pas et poursuit sa course, « Suivez-moi ! ». Nous arrivons dans une sorte de salle de classe, au rez-de-chaussée. Le soleil entre par les fenêtres, je regarde les arbres qui entourent les bâtiments, je me sens en communion avec ces géants verts, assise sur une petite chaise dans la plus basse salle de la plus basse tour, je peux presque sentir leurs racines sous mes pieds. Tout est très calme, à part ce grand monsieur assis en face de moi, les yeux rivés sur son dossier.

— Mais pourquoi donc un rendez-vous le dimanche ? Il n'y a pas de rendez-vous le dimanche !

— Je ne sais pas monsieur, c'est l'hôpital qui me l'a donné.

— N'importe quoi cette administration. Bien. Comment vous appelez-vous ?

— Marie X.

— Quel âge avez-vous ?

— Treize ans.

Il ne lève pas les yeux de sa feuille.

— Mmh. Première gestation ?

— Oui…

— Vous réalisez cette IVG avec votre consentement ?

— Oui.

Il referme son dossier d'un geste vif, se lève et me dit tout en me tendant une feuille :

— D'accord ! Eh bien c'est tout bon pour moi. N'hésitez pas si vous avez besoin de quoi que ce soit. Je vous raccompagne.

Et il est parti.

Je me suis attachée à mon état au point d'en oublier l'intervention. Je fais connaissance avec ce que j'imagine être la méditation, naturellement, sans chercher à y accéder. La grossesse donne un sens évident à mon existence. Moi qui n'étais qu'éparpillement, excès, toujours trop ou pas assez, tout à coup je sens mon âme s'aligner. C'est un silence massif qui m'envahit. La paix partout enveloppée de douceur. Chaque chose est à sa place. Les arbres, les immeubles, les choses, les gens, le mal, le bien. Tout se meut dans un équilibre parfait. J'imagine une spirale qui tourne vite et dans laquelle nous serions tous embarqués, condamnés à marcher à contre-courant, pour atteindre, sans succès, le centre de cette spirale qui, lui, ne bouge pas. Être enceinte, pour moi, c'était avoir le pouvoir d'arrêter la spirale, de la parcourir tranquillement jusqu'à son point central pour m'y asseoir en tailleur et contempler le monde. Mais alors ce point-là, est-ce la vie ? Ou la mort ? J'entrevois ces deux grands personnages qui ne m'ont jamais semblé si complices. Dépouillée de tout ce qui faisait de moi une bonne vivante, je ne mange que des légumes bouillis à l'eau, je ne peux rien avaler d'autre, et surtout pas de matières grasses qui me donnent des nausées monstrueuses. Je n'ai plus le goût à la fête, je ne porte plus de parfum, plus de maquillage. Tout ce qui fait la vie, c'est-à-dire le mouvement, ne m'intéresse plus. Je flotte. Et pourtant je me sens bien, très bien.

J'ai rendez-vous avec le médecin. Il doit me poser des questions et me donner le premier médicament qui arrêtera la grossesse avant l'intervention. Ça va mettre deux jours. Deux jours avec deux fœtus morts à l'intérieur.

Lala est avec moi mais je suis reçue seule dans le bureau. Le médecin est un homme d'une cinquantaine d'années. Il est séduisant, sent la Soupline et le parfum Dior, un cher, de ceux en édition limitée. Sa blouse, impeccablement blanche, est légèrement relevée au niveau du col. Il me pose plusieurs questions banales sur mes antécédents médicaux, m'explique la procédure chirurgicale et me donne une bouteille de Bétadine. Je dois me savonner avec ce liquide orange qui tache le matin de l'opération. Je n'écoute pas le reste, je suis obsédée par les stratagèmes de dissimulation de ce produit antiseptique que mes parents ne doivent surtout pas trouver. J'ai admirablement menti jusqu'ici, ce n'est pas le moment de me faire griller pour un pauvre savon, et surtout pas le jour même de l'opération. Après tout, je finis par me dire que ma mère ne veut tout simplement pas voir. Elle qui fouille partout, qui voit tout, à l'affût de la moindre de mes expressions faciales, n'est pas capable de remarquer que sa fille est enceinte. Je la comprends un peu. C'est sûrement plus marrant de trouver des mégots de cigarettes qu'un test de grossesse positif.

Le médecin me tend une petite pilule blanche et un verre d'eau. Je ne réalise pas bien sur le coup que tout s'arrête là. Je ne dis pas au revoir à ce qui vit dans mon utérus et j'avale le médicament d'une traite. Sur ce, l'homme en blouse blanche, qui ne s'encombre pas de politesses ni de tact, me dit d'un ton flatteur : « Aussi, je voulais vous demander, car je ne vous cache pas que vous êtes LE cas de l'hôpital et que tout le monde ne parle que de vous, est-ce que cela vous embêterait si des internes assistaient à votre opération ? » Faut croire que les murs ont la mémoire solide.

L'opération, je précise, dure dix minutes, et consiste en l'introduction d'un petit aspirateur dans le vagin, jusqu'au col de l'utérus où le.s fœtus, le placenta et autres résidus sont aspirés et broyés dans une machine. Je me demande en quoi mon opération diffère de celle d'une autre femme. Les jumeaux peut-être ? Ce n'est pas si rare. C'est tout comme avec un fœtus, mais avec un autre en plus. Mon vagin alors, sûrement. Le vagin d'une adolescente de treize ans. Peut-être tout ça à la fois, finalement. Des jumeaux. Un vagin. Une adolescente. Pensant que je n'ai absolument pas le choix, je dis oui. En sortant, je ne raconte pas à Lala, j'ai honte. Je regarde les stations de métro défiler, la tête appuyée contre la vitre.

Il est six heures du matin lorsque j'ouvre les yeux ce 14 mars 2012. Je me glisse sans un mot dans la salle de bains, la bouteille de Bétadine dissimulée sous mon pyjama. Comme une criminelle tentant d'effacer des preuves, je me savonne lentement et à trois reprises, en faisant attention à ne pas laisser de traces orange sur mon corps et dans la baignoire. Je vérifie l'état de la salle de bains, efface les mini-gouttelettes qui ont atterri sur le carrelage et regagne ma chambre plongée dans le noir où mon petit frère dort toujours. Après avoir enfilé un jogging et un sweat-shirt, je me dirige vers la porte d'entrée et tombe nez à nez avec mon père : « Bah tu vas où à cette heure-là ? » Je pars avorter, papa.

— Je… j'ai… une évaluation de sport alors on se retrouve avant avec Giorgia et les autres pour réviser la choré, on a rien foutu, tu nous connais…

Mon père me dévisage lentement, mon cœur bat dans mes tempes, mais son air interrogateur se transforme en sourire pudique.

— OK, mais tu ne manges rien avant de partir ?

Non. Je peux pas avant une anesthésie générale, j'ai pas le droit. D'ailleurs je me suis lavée à la Bétadine mais ne t'inquiète pas, tout est nettoyé.

— Non j'ai pas trop faim ce matin.

— Tiens.

Il me tend une banane et une barre de céréales.

— Prends ça pour après.

Papa j'ai peur. Je me suis jamais fait opérer. Puis tu seras pas là, maman non plus. Pendant que je serai sur la table d'opération, les jambes écartées, devant une bande d'internes hystériques et de médecins condescendants, toi tu seras sûrement en réunion, ou peut-être dans le métro, ou peut-être devant tes mails ou tes papiers à trier. Mais tu peux pas être grand-père maintenant, pas vrai ? T'as que quarante-trois ans.

Je suis désolée, papa.

— Merci, à ce soir !

Je l'embrasse sur la joue d'un air détaché et referme la porte d'entrée derrière moi.

Dehors, tout est calme, la nuit enveloppe encore les rues de son souffle funeste. Je prends le métro, le temps est suspendu, je ne pense à rien. À l'hôpital et à ma grande surprise, on me dirige vers la maternité. Ah bon ? Mais je viens pas pour accoucher, moi, je viens pour avorter. Avorter.

Abel et Mme Pommiers sont là. Elle ne reste que le temps de signer un papier puis s'en va en me souhaitant bien du courage. Moi, on me dirige dans une chambre. Là, une infirmière me tend un paquet bleu entouré de plastique et me demande de retirer mes vêtements ainsi que tous mes bijoux. Je me dis que ça doit être comme ça aussi, la prison. Je rentre dans la salle de bains et me déshabille en essayant de ne rien toucher. J'ai faim, je suis à jeun. La salle de bains de l'hôpital me dégoûte, elle me rappelle celles des maisons de retraite dans lesquelles sont morts les vieux de ma famille. J'imagine tous ces corps malades, mouillés, entassés. Je ne veux pas poser les pieds par terre. D'un coup sec, j'ouvre le plastique. J'y découvre une grande tunique bleu marine, une charlotte et deux petits chaussons. Pas de culotte. Je prends un temps pour observer mon corps dans le miroir. D'abord mes seins, puis mon regard glisse sur mon ventre et termine sur mes fesses. Tout est arrondi. Mais ce ne sont plus les formes de ces dernières semaines, joyeuses et conviviales. Pareille à un soufflé qui retombe, je suis presque déjà vide. J'enfile d'abord les chaussons, pour sauver la plante de mes pieds, puis je me contorsionne pour fermer la tunique et m'achève de laideur en enfilant la charlotte. Je retire mes bijoux avec appréhension – ce sont mes porte-bonheur – et les glisse dans une pochette en plastique. Je sors. Je crois que l'infirmière me fait avaler un médicament avec un verre d'eau dont le gobelet en plastique répand un goût amer dans ma bouche. Comme chez le dentiste.

On me fait alors rentrer dans une plus grande chambre où des femmes sont alignées sur des lits, les unes à côté des autres. On me donne celui du fond. Je ne sais pas quel médicament on m'a administré exactement mais je commence doucement à planer. Abel me regarde depuis la fenêtre ronde en forme de hublot, il n'a pas le droit d'entrer. Je vois ses yeux pleins de larmes, et moi je ris aux éclats. Il prend une photo que je n'ai vue qu'une fois, après l'opération. Je suis recroquevillée sur mon lit, la charlotte vissée sur la tête, et je ris. Je ressemble à une mamie asiatique.

Soudain, j'ai l'impression de faire un bad trip. Une infirmière pose les perfusions une à une et commence par le lit le plus près de la porte. Je suis la dernière. Comme une vache qui attend ma marque au fer rouge, je vois mes copines vaches mugir et se tordre de douleur. Je panique sans pouvoir échapper à mon destin, coincée dans mon lit comme dans un box, il n'y a que mes yeux pour exprimer ma détresse. Les cathéters qui s'enfoncent entre les petits os des poignets me retournent l'estomac. J'appelle une infirmière.

— Je veux pas qu'on me pique au poignet, s'il vous plaît, ou donnez-moi de la crème anesthésiante.

— Je vais voir ce que je peux faire, mademoiselle.

Elle se saisit de mon avant-bras.

— Vous n'avez pas beaucoup de veines, ça va être compliqué. Je reviens.

J'attends son retour mais la cadence reste soutenue. Pique, cri, visage contrit. Et à nouveau, pique, cri, visage contrit. Quand vient mon tour, je refuse de donner mon poignet : « Votre collègue m'a dit qu'elle allait voir, elle va revenir. » L'infirmière s'impatiente mais ne me rassure pas. Sa collègue revient : « Ah oui, la petite, là, essaie de la piquer à l'avant-bras tu veux, elle craint les piqûres. » J'aurais voulu avoir de la crème anesthésiante. J'enfonce mes orbites sous mes paupières lorsqu'elle me pique mais je ne sens pas grand-chose, je suis engourdie. Peu à peu la salle se vide, le silence se fait. Les filles partent sur leur brancard par la mystérieuse porte au hublot et ne reviennent pas. Chacune son tour. J'attends. À mes pieds, il y a mon dossier médical posé sur la couverture. Mes pensées sont embuées, le temps et mon corps glissent dans du coton. Je ne pense à rien mais ça ne m'angoisse pas, je comprends les drogués, l'existence est infiniment moins douloureuse ainsi. Ce qui est destructeur, c'est le retour à la réalité. Quelque part, tant qu'on est défoncé, tout ne peut qu'aller. Sans réfléchir je me relève lentement, me coupant de mes rêveries stériles, et je tends mon bras vers mes pieds. La perfusion bloque, je tire et manque de l'arracher sans y prêter attention. Du bout des doigts, j'effleure et finis par me saisir du bout de papier cartonné bleu qui gît à mes pieds. Je m'affale à nouveau dans mon lit et l'ouvre avec précaution. Dedans, il y a des papiers avec des termes médicaux que je ne prends pas la peine de lire. J'ai presque envie de jouer au docteur lorsque je tourne les pages, je m'imagine en Meredith Grey le temps d'un instant. Car si je suis une actrice qui joue, alors je ne suis pas vraiment là, à attendre mon tour pour le matador. À la fin du dossier, glissé dans une encoche, je découvre un petit carré de papier glacé noir et blanc qui m'est familier. Je regarde une dernière fois les deux silhouettes. Elles flottent comme l'espace-temps qui se déploie dans cette chambre vide, et j'ai l'impression, pendant un instant, que mon corps lévite, lui aussi, au-dessus de mon lit d'hôpital. Abel m'interrompt. Il a réussi à s'infiltrer dans la chambre pour me dire au revoir. Il m'embrasse et me dit : « Je t'aime. » Là, deux infirmières viennent me chercher. Mon corps se déplace alors réellement dans les couloirs, je roule comme sur un skate-board. Les quelques fois où je me suis rendue dans un hôpital, je me souviens d'avoir été marquée par ce rituel. Je pensais à la honte et à la violence que cela devait être pour un patient de se retrouver bringuebalé devant tout le monde dans son brancard, impuissant. En route pour se faire charcuter. Les chirurgiens me fascinent d'ambivalence. Ils sont à la fois aussi doux et précis que des maîtres horlogers suisses et aussi brutaux que des bouchers qui désossent une grosse pièce de bœuf. Ils peuvent reconstruire un visage, supprimer la disgrâce d'une mâchoire prognathe par exemple, en lui filant des gros coups de marteau. Ils ouvrent, fouillent, coupent, sondent, ablatent, décollent, amputent, drainent, compressent, dissèquent, tamponnent, obturent, et ils referment… L'idée que d'autres êtres humains puissent voir des choses de nous, de notre corps, que nous ne verrons jamais m'a toujours glacé le sang. C'est une manière de s'offrir aux autres qui surpasse presque toutes formes de sévices sexuels pour moi. Comme cette période de l'enfance dont nous ne nous souvenons pas, de zéro à quatre ans environ. Quatre années de nos vies n'existent que dans le souvenir, le regard de ces grandes personnes que l'on appelle nos parents. On ne s'appartient pas vraiment, tout peut être fait de nous. Et peut-être qu'un jour, pour la modique somme de soixante euros, allongé sur un divan en velours, ces souvenirs enfouis, quelque part tout au fond de notre mémoire, resurgiront sous forme de flashs, de sensations ou de larmes, pour nous raconter une histoire, notre histoire. Peut-être sordide, peut-être réparatrice. La seule qui ait eu de la chance – dans sa malchance – avec ça, c'est la petite Zeena Al-Hilli, en vacances avec sa famille dans les Alpes cette même année. Le 5 septembre dans l'après-midi, elle monte en voiture avec son père, sa mère, sa grand-mère et sa sœur. Au détour d'une route, près de la commune de Chevaline, un individu, toujours recherché aujourd'hui, ouvre le feu et assassine l'entièreté de sa famille sauf sa grande sœur qui réussit à s'enfuir avant de s'évanouir sur le bas-côté, blessée à la tête par la crosse de l'arme. Zeena avait quatre ans. Elle non plus n'est pas morte, elle a été retrouvée sept heures après le drame, cachée sous la jupe de sa mère morte. Elle a treize ans au moment où j'écris ces lignes et ne doit certainement se souvenir de rien. Treize ans, comme moi, allongée dans cette salle d'opération dont les spots lumineux m'aveuglent. Je n'arrive pas à lutter contre le sommeil qui envahit mon corps et mon esprit, hypnotisée par la voix masculine qui s'adresse à moi. J'entends le timbre, pas les mots. On me porte pour me mettre sur une table, je tombe dans un trou ou peut-être entre les deux lits, je ne sais pas, je ne vois rien. Mais je tombe pour de vrai. Je ne ressens que l'agitation qui se fait autour de moi et la gravité de mon corps qui, pareil à une enclume, me tire mollement vers le bas. On me rattrape et me réinstalle. Le timbre de voix reprend. Mes pensées divaguent. Je ne suis plus une vache, je suis Alex le lion dans *Madagascar*, je suis à la gare de Grand Central à New York, j'ai réussi à m'échapper du zoo, je suis heureuse jusqu'à ce qu'on me tire une fléchette surmontée d'un petit pompon rose dans les fesses, je trébuche, ma vision devient kaléidoscopique, Gloria, Melman et Marty sont penchés sur moi, ils me regardent… Je me sens partir. C'est le noir total.

J'ouvre les yeux avec difficulté. Comme dans les films, tout est flou autour de moi. Flou et bercé de lumière blanche. J'ai l'impression d'être morte et d'arriver au paradis. Ce n'est pas un réveil comme les autres. Avec l'anesthésie on part dans une tout autre dimension. On va dans le néant, là où il n'y a pas de rêves. Quand on remonte à la surface, c'est comme si on avait été plongé dans le coma. C'est agréable et très désagréable à la fois. Comme l'idée que je me fais de la naissance. Tous nos sens s'agitent, pressés de saisir leurs premiers stimuli. Une silhouette de femme se penche sur moi, elle tire un fil de ma gorge. J'ai la sensation qu'elle déroule mon intestin pour extirper mes entrailles hors de mon corps. Ça ne me fait pas vraiment mal mais ce tube, que je ne sentais pas dans ma trachée il y a à peine quelques secondes, est soudain extrêmement gênant pour mes voies respiratoires. Là, la femme que je ne distingue toujours pas se met à taper des mains tout en criant : « Allez on se réveille ! On se lève. » Je n'ai aucune force, elle glisse sa main sous mes omoplates et m'oblige à m'asseoir. Ma tête tourne. Ma bouche est pâteuse. Je crois qu'elle me donne une barre de céréales – celle de mon père peut-être – que je mâche laborieusement. Puis, sans transition, me fait me lever et marcher jusqu'à une salle de bains – la même que celle du matin peut-être. Elle me tend une pile d'affaires, les miennes. Sur le dessus, elle dépose une grande serviette hygiénique. « Allez, tu peux te rhabiller. »

En faisant tomber ma blouse, je ne me découvre pas nue, à ma grande surprise. Je porte une couche géante. Après avoir aspiré deux fœtus de mon utérus, on a soulevé mes jambes et on m'a enfilé une couche-culotte, comme un nouveau-né. Je la retire et y découvre du sang. Le même qu'à ce dîner, sur ma chemise de nuit, il y a quelques mois. La transition de l'enfance à l'âge adulte se résume ainsi : une couche tachée de sang. J'ai du mal à me rhabiller, mon corps est tout engourdi. En sortant de la salle de bains, je découvre mes bijoux dans une petite pochette en plastique posée sur une étagère. D'abord, à mon annulaire gauche, la bague de fiançailles de ma mère, un anneau en or serti de saphirs bleu nuit. Puis, au majeur, sept petits anneaux attachés, un « semainier » comme on dit, qui me vient tout droit des montagnes du Vietnam, terre natale de mon arrière-grand-mère paternelle. À la main droite, symbole de la viciosité de l'adolescence, un petit serpent en or surmonté d'un rubis rouge sang, ma dernière trouvaille, piquée à une copine. Je découvre ma nuque et penche la tête en avant pour y attacher ma chaîne. Dessus il y a deux vierges Marie, une bleue, de la chapelle de la Médaille Miraculeuse à Paris, et une en or, cadeau de mes parents. Je ne suis pas croyante, mais j'aime à penser que ces médailles me protègent, et puis je m'appelle Marie après tout, Balance ascendant Vierge et lune en Vierge. Il y a aussi un petit cœur, en or massif, qui a quelque part un jumeau – lui aussi – accroché au cou de ma cousine, cadeau de notre grand-père à Mina, gage d'amour et de lien éternel, avant qu'il ne la trompe avec une multitude de femmes et qu'ils ne se séparent. Et enfin, cette médaille ronde et dorée, que ma mère m'a offerte. Elle est gravée : « *Ceci aussi passera* ». Je la trouve un peu bête, mais à chaque doute, chaque tristesse de ma vie, je me surprends à la serrer très fort entre mes doigts. Je sors en titubant de la chambre et retrouve Abel dans le couloir. On m'indique que je dois attendre des papiers, encore des papiers. Les couloirs sont bondés, je n'ai pas de chaise mais je dors debout. Alors je m'allonge par terre, la tête sur les genoux d'Abel qui s'est accroupi, et je m'endors. Lorsqu'on me donne les papiers, de longues heures plus tard, je me lève, toujours dans les vapes, et je quitte l'hôpital sans me retourner.

Nous arrivons chez Abel, chez qui je reprends des forces avant de pouvoir retourner chez moi. Je me souviens d'une tendre fin d'après-midi dans son lit.

Treize. Ce nombre psychotique qui symbolise l'accomplissement, l'achèvement d'un cycle, le nombre de lunaisons et de menstrues dans une année, la destinée du Christ, la Mort dans le tarot, les six apparitions de la Vierge Marie, au Portugal, tous les treize du mois de l'année 1917. Tout à la fois maudit et saint, il est la pierre angulaire des destinées, à lui seul le réceptacle de la folie du monde. Je n'y échappe pas, ma treizième année marque le basculement de mon existence.

Dans les premiers temps après l'opération, au collège, je criais mon histoire à qui voulait bien l'entendre pour qu'elle cesse d'être un bruit de couloir. Qu'est-ce qu'un ragot s'il n'est plus un secret ? Les réactions étaient toujours les mêmes. L'évitement ou la curiosité dégoûtante, la même volonté que ces internes à l'hôpital de me voir nue, vulnérable.

J'ai cherché dans les livres, sur Internet. Avide de ces mots que j'aimais tant. Je ne trouvai que des récits de sondes, de faiseuses d'anges et de cuisines sales, ceux d'un temps où avortement était synonyme de mort. Ça me donnait surtout envie de fermer ma gueule. J'ai regardé en boucle sur YouTube la vidéo de Simone Veil qui monte à la tribune un soir de novembre 1974, m'accrochant au moindre détail pour laisser s'échapper les larmes qui me serraient la gorge. La solennité du moment, le silence lorsqu'elle gravit les quelques marches qui la hissent vers l'Histoire comme un recueillement de mon propre avortement. La gratitude comme seul sentiment tangible. Alors j'ai remercié son beau regard azur, qui se superposait à celui de Mina dans mes prières, encore et encore, des nuits entières. Et au fond de moi, une légère amertume. Et après Simone ? On fait quoi après ?

Google Chrome. « Conséquences psychologiques avortement ». Premier lien, clic. Des mots rassurants, un discours enveloppant qui te donnent enfin le sentiment d'être compris. Et puis une première phrase étrange, une deuxième, et au fil de ma souris des paragraphes abjects, des fausses photos de fœtus morts, des pétitions anti-IVG. Pomme Q. Un sentiment de trahison.

Le monde de l'après-avortement était un monde vide de concepts et de mots. Vide comme mon utérus. L'impression de parler une langue inconnue qui aurait la sonorité d'une bouillie sans interprète disponible. Les mots redevenaient ces unités flottantes, dépourvues de sens, comme quand j'étais petite. Ni ils ne sortaient, ni ils ne rentraient. J'ai attendu le glas de la vérité, suspendue aux lèvres de mes interlocuteurs, psychologues bon marché trouvés sur Internet en cachette de mes parents, assistantes sociales, amis, parents de mes amis. Mais personne pour dire ma souffrance. Que des concepts congelés et mal réchauffés dont je finissais par vomir les deux ingrédients principaux, le regret et la culpabilité, servis sous forme d'injonctions négatives. Ne regrette pas. Ne culpabilise pas. Jamais pourtant il ne s'est agi de ça. Et dès lors que l'ébauche du langage faisait surface, mes mots à moi se retrouvaient coincés dans un mince couloir dont les deux murs du discours social m'étouffaient, se dressant et se refermant sur moi comme dans un film d'horreur.

Chut Marie, surtout tais-toi. Tu nous déranges tous.

À la maison, la situation ne fait qu'empirer. Ma mère continue à me faire chier pour un oui ou pour un non. À prendre toute la place et tout l'espace. On s'engueule tous les jours, jusqu'aux menaces physiques, jusqu'aux larmes. Parfois, mon père doit nous séparer. Ils disent souvent que je suis ridicule.

J'ai avorté de mon enfance et de mes deux parents, tout à la fois. Il ne me reste plus grand-chose que d'avorter à l'infini, de saigner encore et encore, comme l'arcade de la jeune fille avec qui je me bats après les cours, comme le mouton qui se fait égorger à l'Aïd, comme l'homme blessé à la guerre, comme mes poignets que je scarifie.

L'année de mes treize ans est une année désertique. J'avance à tâtons dans le noir sur le chemin du traumatisme. Celui-là même qui a la particularité de ne pas s'annoncer, de s'insinuer partout, comme la fumée noire. Celui qui frappe avec brutalité, dans le corps. Le traumatisme est pervers. Un vrai connard qu'on déteste mais qu'on n'arrive pas à quitter. Parce qu'on l'aime quand même un peu. Il nous définit, il nous rend particulier, il devient notre raison d'être. Finalement, il ne me reste que lui. Que lui pour me souvenir de ce qui a été et de ce qui n'est plus.

Je n'ai plus de vierge que mon nom, le reste n'est que souillure. Je suis un chuchotement dans la cour de récréation, un tweet visé, l'injonction d'un parent à son enfant de ne pas traîner avec moi. Rares sont ceux qui croient encore à mon déguisement de sainte. Parmi eux un groupe irréductible d'aveugles – ou de clairvoyants, je ne saurais dire – dont mon père, certains de mes professeurs et mes grands-parents. Je suis une petite pute travestie en madone.

Notre professeure de français nous amène au Louvre. Très vite, je me mets à l'écart du groupe, le guide m'ennuie. Il y a trop de tableaux, de statues et de touristes. L'art écrase l'art et l'éclairage verdâtre indispose mes yeux. Je m'échappe discrètement pour m'asseoir sur un banc. En face de moi, une gigantesque peinture si sombre que je peine à en distinguer le sujet. Progressivement, les personnages se dévoilent. En haut, il y a une immense tenture carmin qui tombe en plis, occupant la quasi-moitié du tableau. Au premier plan, une femme assise sur un tabouret, la tête enfouie dans ses mains, pleure. Sa nuque est éclairée par un rayon lumineux orphelin dans l'obscurité ambiante. Il irradie le reste de la pièce, laissant apparaître plusieurs têtes d'hommes chauves et barbus aux mines défaites. Certains pleurent, d'autres conversent avec gravité, tous regardent vers une table qui trône au centre. Une femme en robe rouge y est allongée, endormie, sûrement morte. Une fine auréole lévite au-dessus de ses cheveux ébouriffés, son teint est morne, jaune, presque vert. Si on incline la tête pour regarder son visage à la verticale, on distingue une moitié disgracieuse qui s'affaisse dans l'ombre ; l'autre moitié, plus sereine, baigne dans la lumière. Son bras gauche est étendu, le droit repose sur son ventre légèrement rebondi. À ses pieds, une bassine en cuivre remplie d'eau.

Ma professeure s'approche et s'assoit à côté de moi. Nous restons un moment en silence face à ce grand tableau triste. Je ne peux pas décrocher mes yeux du visage pâle ni du ventre rond. Elle me raconte. Cette œuvre est une commande passée par l'Église de Rome au peintre Caravage. Il devait peindre la mort de la Vierge. L'illustre Caravage a mauvaise presse à cette époque, il peine à rester dans les rangs et puise son inspiration dans des sujets réels à la réputation tout aussi sulfureuse que la sienne. Il est dit que la Vierge représentée dans ce tableau était une prostituée enceinte ayant mis fin à ses jours en se jetant dans le Tibre. On assisterait à la découverte de son corps, repêché quelques heures plus tôt. L'Église refuse catégoriquement l'interprétation du Caravage.

Pour la première fois, je me sens comprise, étrangement entendue. Je voudrais pouvoir rentrer dans le tableau et m'allonger à ses côtés, poser ma tête dans le creux de son bras, lui prendre la main et m'endormir avec elle.

Quand on est une pute, on a des codes précis. On crache ou on avale. Moi je crache. Je crache ma Valda, ma colère, ma tristesse au visage de la première Lise, Constance ou Augustine qui se risque à prononcer les dix lettres maudites qui forment le mot avortement. Parce que c'est d'elles, les bien nées, les filles modèles, que proviennent les jugements les plus durs. Ou les compassions les plus méprisantes qui frôlent la fascination malsaine. J'en ai gardé un goût amer et une haine secrète pour la bourgeoisie. Celle des beaux quartiers, celle où les qu'en-dira-t-on règnent en maître, celle où l'on mange de la gelée de groseille sur des nappes en toile de Jouy pendant que l'oncle graveleux touche les fesses de ses nièces en déblatérant un tas de conneries sur Sartre qu'il a bien connu, sous les yeux de son frère qui ne dira rien, parce que lui n'a pas bien connu Sartre. Cette bourgeoisie qui croit avoir tout vu, tout connu, celle où l'on dit qu'on a un ami noir, celle de ceux qui te méprisent du haut de leur verbe.

Parfois, je me rends à la sortie de leurs collèges privés et je les frappe. J'élance mes poings, mes jambes, j'arrache des cheveux. Mes coups ne sont jamais satisfaisants. J'ai l'impression de devenir un personnage de BD en deux dimensions tant chacune de mes actions s'achève en un geste mou, comme si mon bras s'engluait dans du chewing-gum en cours de chemin. Pourtant, il y a un besoin à satisfaire, une sensation à laquelle je suis devenue accro, alors je continue, en espérant porter ou recevoir le coup fatal, celui qui aura le même poids que ma colère, celui qui l'effondrera comme dans Tetris ou Candy Crush. Il faut que je trouve l'enchaînement parfait, un coup bien placé comme une rangée de bonbons rouges, et alors, enfin, je serai débarrassée de ce trop-plein d'émotions. Mais rien n'y fait.

Ces filles me renvoyaient à ce que j'aurais pu être et à ce que je ne serai jamais. Une sage adolescente en culotte de coton qui s'échappe du déjeuner familial parce que son oncle la gêne un peu pour aller lire un livre à l'ombre d'un pommier.

La vue d'un landau, le bruit d'un bébé qui pleure, l'arrondi d'un ventre, un cours de SVT sur la reproduction, autant de signes de vie qui me sont insupportables. Ma tante Luce m'annonce qu'elle va avoir un bébé. Je m'enfuis en courant et je pleure aux toilettes. J'écris dans mon journal intime qu'elle me vole mon rêve. Que je la déteste. Quand son fils naît, quelques jours après Noël, je suis sacrée marraine, et je l'aime comme un fils.

Ce n'est pas Jésus mais il s'appelle Léon, l'anagramme de Noël, je ne suis pas sa mère mais sa marraine, et je m'appelle toujours Marie, on y est presque. En tout cas, je dois m'en contenter.

Je collectionne les images de bébés dans mon téléphone, des paires de bébés métisses, des bébés endormis sur des nuages avec des ailes d'ange, toujours par deux. J'invente un tatouage qui contient le chiffre romain XIV, en souvenir de la date du 14 mars 2012. Je le détourne un peu, parce que ça fait beauf de se tatouer un chiffre romain. Encore cinq années me séparent de mes dix-huit ans, alors tous les jours, au collège, je me le dessine sur le poignet au stylo bic noir. Ça cache les scarifications.

D'ailleurs en classe je n'écoute rien, le professeur de maths a carrément arrêté de me distribuer les copies de contrôle. À la place je dessine, des dessins tristes et sombres, à l'encre noire, encore. Ou je dors. Je dors parce que je ne dors plus la nuit. Je fais des cauchemars. Il y en a un qui revient tout le temps. Je suis assise sur un lit d'hôpital, la pièce est très éclairée. Devant la fenêtre il y a une femme de dos en blouse blanche. Ses cheveux châtains se terminent en de jolies anglaises qui tombent dans son dos, elle tient dans chaque bras un de mes bébés. Ils ont l'air bien tous les trois. Paisibles. Mais je voudrais qu'ils soient avec moi et j'ai beau gesticuler dans mon lit, crier, l'apostropher, elle ne se retourne pas. Mon regard descend sur les bottes de la femme. De grandes bottes de cuir rouge à talons.

À la vue de ces chaussures, la nausée me prend, si fort qu'elle voyage de mon rêve à la réalité. Je me lève d'un bond et je vomis aux toilettes.

Parfois des douleurs fantômes dans le bas du ventre, comme des contractions. C'est encore Lala qui s'occupe de moi. Je passe des journées entières allongée à l'infirmerie à jouer au malade imaginaire, enveloppée dans une couverture qui gratte. Elle appelle souvent ma mère pour qu'elle vienne me chercher. Et souvent ma mère lui parle mal. Je suis une enfant qui joue la comédie et Lala est un trop bon public. Elle n'a pas tout à fait tort.

Emmy est retournée à Nice. Annouchka et moi nous sommes disputées. Giorgia est fatiguée de mes déboires permanents. Je n'ai plus vraiment de copines. Je cherche un miroir à ma souffrance, un espace où panser mes plaies à défaut de pouvoir les penser.

Je me fais une nouvelle bande d'amis. Il y a Leila, Jenna, Kevin et les autres. Pour des raisons différentes, ils pissent le sang de l'intérieur eux aussi. Ils me recueillent, m'élèvent et m'éduquent, frôlant parfois l'oppression. Je marche sur leurs pas, cachée dans leur ombre crainte et redoutée, comme les rémoras, ces petits poissons qui nagent avec les requins, accrochés à leurs gueules, sans que jamais ils ne les dévorent. On traîne dehors, sur des bancs, dans des parcs. On s'embrouille, on se bat, on rigole aussi, beaucoup. En échange de leur amour et de leur protection, ils ont un droit de regard sur mes fréquentations, mes tenues vestimentaires, mes heures de sortie, mes devoirs scolaires. Ils veulent que je travaille à l'école, ils veulent que je m'en sorte, ils me tiennent à bout de bras. Mes parents sont désespérés par mon cas alors ça les arrange pas mal qu'un groupe de marginaux de dix-sept ans prenne le relais.

Louise n'est plus dans le paysage depuis longtemps. Je suis devenue la Reine, l'épouse officielle. Abel continue de me tromper en permanence, je l'apprends, j'entre dans ses salles de classe, au milieu des cours, je l'en sors par les cheveux, je le tape, je lui hurle dessus à la vue de tous, la CPE nous convoque, interdiction de nous approcher à moins de dix mètres, je le quitte, je pleure, je lui pardonne, on s'aime, et puis il me trompe à nouveau.

Emmy a avorté elle aussi. Peu après moi, à Nice. Au téléphone, elle me raconte. Quand ses règles ont tardé, elle n'y a pas vraiment prêté attention, à quatorze ans, on ne peut pas être enceinte. Elle en parle quand même à une copine qui lui conseille de faire un test de grossesse. Emmy pique un fou rire. Elles se rendent toutes les deux à la pharmacie du coin, achètent un premier test de grossesse qu'elles font dans les toilettes publiques. Positif. Emmy pique un fou rire. Elles en achètent un deuxième, tombent sur la tante d'Emmy dans la pharmacie, mentent mal, retournent aux toilettes publiques. Positif. Emmy pique un fou rire. Elle ne sait pas quoi faire, demande conseil à la mère de sa copine qui l'amène au Planning familial. Elle l'annonce à son petit ami, plus vieux qu'elle, sur du Coldplay, il pleure et Emmy rit de plus belle. Sa vie est un drame, elle a l'habitude.

Un matin, sa grand-mère la sort de son lit en lui hurlant dessus. La tante croisée à la pharmacie a balancé. Tu es complètement inconsciente, Emmy. Sa mère est mise au courant, elle n'est pas plus clémente. Comme moi, Emmy est enceinte de plusieurs mois. Comme moi, Emmy doit se faire opérer. La veille de l'intervention, on lui donne un cachet à insérer dans le vagin. Moi je n'ai pas eu ça. Au bout de trente minutes, Emmy est prise de violentes contractions. Elle ne peut plus marcher et se traîne sur le sol. Elle dit que c'est la pire douleur qu'elle ait ressentie de sa vie. Sa mère l'emmène aux urgences où on lui retire le cachet. Elle se souvient de la vision de ce truc blanc plein de sang que la sage-femme jette à la poubelle. La douleur ne passe pas. On lui donne des doses de morphine si fortes qu'Emmy vomit. Elle hurle. Elle a mal. Elle dort peu, se réveille tôt, doit se doucher à la Bétadine. Elle fait un malaise dans la douche. Puis elle ne se souvient plus. Il y a le bloc opératoire, l'anesthésie, le réveil brutal, comme moi. Le lit d'hôpital imbibé de sang. Elle se rhabille tant bien que mal, il y a des filles qui avortent partout dans les couloirs.

Dans la salle d'attente, son petit ami l'attend, mais sa mère est en retard, on ne la laisse pas sortir. Elle attend des heures. Quand sa mère et son beau-père arrivent, ils prennent un café tous les quatre au snack en face de l'hôpital, il fait chaud, c'est l'été. Ensuite Emmy repart avec eux en voiture. Elle les écoute rire et parler de l'apéro du soir, ils se demandent combien de bouteilles de rosé ils doivent acheter. Personne ne lui demande comment elle va. Emmy, elle, ne rit plus du tout.

Pour parler des médecins, elle dit manque d'empathie, moralisation, jugement, elle utilise le verbe gronder, elle dit aussi abattoir et couvent.

Un long silence au téléphone, je dis je sais, on raccroche.

Un an est passé, je suis en 3e. C'est l'hiver à nouveau. Je rentre de la danse tard le soir, extenuée. Ce soir-là, il n'y a personne dans la rue. Je marche en retirant les épingles de mon chignon qui me serre la tête. J'ai si faim que j'en ai la nausée et je m'agace d'avance du plat sans saveur que mon père me servira. Ça fait plusieurs années que je fais de la danse classique et contemporaine. Ces derniers temps je n'en peux plus, je ne veux plus y aller. Je ne supporte plus les miroirs infinis qui me montrent mon corps sous toutes ses coutures. Ni la professeure qui nous humilie en public si on porte une culotte sous notre justaucorps, nous intimant d'aller la retirer sur-le-champ. Ni la douleur en silence que nous imposent ces bouts de soie et de carton, durs sous nos orteils, et qui me renvoient sans cesse à cette autre douleur et cet autre silence.

Heureusement, depuis peu j'ai un nouvel amoureux. Maxime. Je l'aime beaucoup, Maxime. Ça ne plaît pas vraiment à mes amis qui ont l'impression que je les abandonne, mais je m'en moque. D'autant que le meilleur ami de Maxime était amoureux de moi et qu'on le savait tous les deux, ils ont pris son parti. Mais ça aussi je m'en moque. On passe des après-midi entières à discuter et à s'embrasser au café des Phares, à Bastille, enveloppés dans la fumée de nos cigarettes. Avec lui j'oublie à peu près tout.

Quelques jours auparavant, Abel est venu me rendre visite chez mes parents pour récupérer un pull qui lui appartenait. Ils étaient au travail et moi j'étais « malade ». La polygamie d'Abel n'ayant d'égale que sa jalousie, je portais une grosse écharpe pour cacher les traces violacées laissées dans mon cou par mon nouvel amoureux. Lorsqu'il s'est approché, j'ai dit non, à plusieurs reprises. Je me suis défendue du mieux que j'ai pu tout en tentant de ne pas trop m'agiter pour que l'écharpe ne quitte pas mon cou. Surtout pas de scène. C'était ma seule obsession. J'ai fini par me laisser faire par ce corps que je connaissais pourtant si bien puis j'ai fondu en larmes. Il s'est mis en colère, contre lui-même je crois, il a tapé dans un mur et il est parti en claquant la porte. J'ai téléphoné à Maxime dans la foulée, pétrie de culpabilité, j'ai tenté de lui raconter, mais il n'a rien voulu savoir, nous sommes en 2013, le mot consentement n'est pas encore à l'ordre du jour. Maxime m'a quittée.

Je suis presque au niveau de ma porte d'entrée lorsque mon téléphone vibre dans ma poche. Une avalanche de sms, tous provenant d'expéditeurs différents, pour la plupart mes amis. Mais t'es sérieuse toi ? T'as pas de race. Tu crois que les mecs c'est à la carte ? T'en quittes un t'en reprends un t'en brises un t'en rebaises un ? T'en as pas marre de faire n'importe quoi ? Nous on est là pour toi, et toi tu nous prends pour des cons. Va te faire soigner. On peut plus rien faire pour toi. Tu vas finir toute seule. C'est tout ce que tu mérites.

Je clique sur le petit oiseau bleu qui, malgré sa tendre apparence, a pris la fâcheuse habitude de faire et de défaire le destin des adolescents de ma génération. Mon doigt fait défiler des tweets visés à mon encontre, des « sublis » comme on les appelle alors, qui ont la particularité d'être compris par tous, surtout par celui qui en est la cible, mais sans distinction suffisante pour être rapportés devant une autorité compétente. De la politique de haute voltige. Mes deux surnoms sur les réseaux sociaux : la pute et la folle.

Je fonce dans ma chambre en ignorant mes parents et mon frère qui avalent des spaghettis bolognaise, la faim m'est passée. Tremblante, je compose quelques numéros de téléphone, à la recherche d'alliés. Je crie, je pleure, je me défends mais coup sur coup je fais face au mépris ou à l'indifférence. Je n'ose pas appeler Annouchka avec qui je suis fâchée depuis plusieurs semaines, ni Giorgia que je ne vois quasiment plus.

Après un ultime appel non concluant, je cesse soudainement de m'agiter. Un sentiment profond de lassitude envahit l'intégralité de mon être. Vide de joie, de peine, de colère, mes larmes ne coulent plus. Je regarde un long instant le parquet, c'est presque agréable, toute souffrance m'est étrangère, je ne pense à rien. Je n'ai qu'une certitude, c'en est fini, terminé. Il faut que mon corps parte avec mon esprit, tout là-haut derrière les montagnes de douleur. Alors je serai paisible, pour l'éternité. Comme guidée par une force supérieure, je me dirige d'un pas lent et fantomatique vers la salle de bains. J'ouvre l'eau de la baignoire. Assise sur la lunette des toilettes, je repense à un des rares jeux auxquels je m'adonnais enfant, le jeu du fantôme. J'arpentais la maison, passais et repassais devant mon père, m'asseyais dans un coin de la cuisine, observant ma mère s'activer, dans l'attente que l'on me remarque, persuadée que j'étais morte et que je ne m'en étais pas rendu compte, coincée entre deux mondes mais invisible des vivants, comme Bruce Willis dans *Sixième Sens*. D'un bond je me lève et ouvre le placard à pharmacie d'où j'extraie toutes les boîtes de médicaments qui me passent sous la main. Des Doliprane, des Advil, des aspirines mais aussi des médicaments aux noms compliqués, ceux que ma mère prenait lorsqu'elle était malade, dont je ne comprends la potentielle dangerosité que par leurs symboles de voiture barrée et de femme enceinte. Je me plonge dans l'eau chaude et calmement, une à une, j'ouvre chaque boîte et en avale le contenu. Je prends soin de ne pas vider toutes les plaquettes et de les replacer soigneusement dans le placard, parce que je ne veux pas que mes parents les trouvent vides avant que je sois morte. Certainement parce que j'ai peur de mourir, aussi. Si je pouvais choisir, je choisirais la demi-mort, l'anesthésie en somme, sans médecin et sans internes, celle des sommeils vides de rêves, là où aucune femme à bottes rouges n'enlève mes bébés, là où Twitter n'existe pas, là où mon corps n'est pas désiré, scruté, contrôlé, là où il n'y a plus d'hommes, plus d'amour, plus de colère, plus rien à avorter, ni début ni fin et l'éternité pour tout horizon, que la spirale se déplie et s'étende en un trait droit et net s'étirant vers le lointain et que je puisse enfin y avancer en paix.

La porte qui tambourine. Mon visage presque entièrement immergé dans l'eau. Une voix qui hurle. C'est dangereux de s'endormir dans le bain Marie, va te coucher.

Les pas qui retournent dans le salon. Le bruit d'un film. Je me traîne sur le parquet jusqu'à mon lit. Mon petit frère dort paisiblement dessous moi.

Je suis morte pendant quinze heures. Quinze heures de rien après un an de trop depuis ce maudit avortement. J'ouvre les yeux avec précaution, je m'attends à de la lumière blanche, celle du paradis ou de l'hôpital peut-être, mais dans le noir qui m'entoure, je distingue l'ombre de mes rideaux, la texture de mes draps et il me faut un long moment pour comprendre que je suis dans mon lit. Mon téléphone affiche treize heures. Motif de l'absence de l'élève : morte.

Mes parents sont partis au travail. Ils ont probablement essayé de me réveiller sans insister. Ça fait un moment qu'ils n'insistent plus avec moi. La scène de la veille revient à ma mémoire, je suis partagée entre tristesse de l'invisibilité et honte de mon geste manqué.

Tant que les mouvements sont simples, je m'en sors. Me lever, me doucher, m'habiller, sortir. L'arrivée en cours est plus compliquée, il y a les cris stridents, les élèves qui courent, les bises à claquer, l'absence à justifier, les profs qui déblatèrent leur savoir et mes yeux qui roulent, ma pensée embuée, une envie de dormir irrépressible et des vertiges incessants. Dans la cour de récréation je retrouve Annouchka, nous nous serrons dans les bras, le temps n'est plus aux embrouilles. Je lui raconte, elle m'emmène à l'infirmerie. Lala m'accueille avec sa douceur habituelle. À l'abri de son double vitrage, la rumeur lointaine de la récréation sonne comme une berceuse. Installées côte à côte sur la table d'auscultation, Annouchka m'encourage d'un hochement de tête.

Lala me demande la permission d'aller chercher Mme Pommiers. Ça a l'air grave dans ses yeux. Plus grave que l'avortement. Ensemble, les deux femmes m'expliquent qu'elles sont dans l'obligation d'avertir mes parents, cette confidence que je viens de leur faire met à mal les limites légales de leur exercice. Ce serait de la non-assistance à personne en danger Marie, nous n'avons pas le droit de le garder pour nous.

Pendant une fraction de seconde, au milieu du brouhaha de mon esprit, je perçois le sentiment de trahison qui affleure et les deux solutions qui en découlent : faire confiance ou ne pas faire confiance à ces deux femmes. Lutter encore ou m'abandonner. Baisser les armes. Dire d'accord je capitule. Occupez-vous de moi. Aidez-moi. Je ne veux plus être une dame. C'est une sensation puissante qui part du fond de mon ventre et remonte jusque dans ma gorge, l'urgence d'un soulagement. Je ne dis qu'une seule chose : si on leur dit ça, on leur dit tout.

Ma mère entre d'un pas pressé et agacé dans le bureau. Je commence à en avoir vraiment ras le bol que vous m'appeliez pour un oui ou pour un non. Qu'est-ce qu'elle a encore aujourd'hui ?

Asseyez-vous, madame.

Lala me regarde. Je lui fais signe de parler.

Cette dernière seconde de silence pour remplir mes poumons d'air avant de plonger dans les abysses.

Ma mère s'effondre. Des larmes coulent, encore et encore. Elle me serre dans ses bras. Merci Lala. Merci de vous être occupée de ma fille. Pardon. Pardon. Comment est-ce que j'ai pu passer à côté de ça ? Pourquoi est-ce que tu ne m'en as pas parlé ? Qu'est-ce que j'ai raté pour que tu ne te sentes pas en confiance ? Marie, regarde-moi. Ce n'est pas grave.

Viens là, viens.

Je dois appeler ton père. Non, par pitié. Je n'ai pas le choix Marie, je ne peux pas cacher ça.

Là je sais que je n'y arriverai pas. Impossible. Avoir dissimulé un avortement à une mère intrusive c'est une chose, mais à un père qui avait silencieusement confiance en moi c'en est une autre. Trahir ceux qui ne nous soupçonnent pas et nous estiment, voilà une épreuve que je ne peux pas surmonter. Je demande à sortir de la pièce.

Dans le bureau attenant, celui de Mme Pommiers, je tourne en rond comme un lion en cage. Je l'entends qui entre. Je me bouche les oreilles avec mes mains de toutes mes forces en fermant les yeux.

Un cri parvient à mes sens confinés. Un hurlement qui déchire le silence, le râle d'un animal en souffrance, suivi d'un grand boum, certainement le bruit d'un coup de poing sur une table. Je me tords en deux, prostrée sur le sol. Lala vient me chercher.

Je ne me souviens de rien que de nos larmes, les premières et dernières que je verrai couler sur le visage de mon père. Lala aussi pleure. Nous la prenons dans nos bras. Ils me prennent dans les leurs. Et je m'abandonne à eux.

Le soir nous avons dîné en silence avec, comme alibi, un enfant de huit ans en bout de table.

J'ai vingt-cinq ans. Nous sommes le 9 janvier 2024. Je suis chez mon éditeur pour signer mon contrat. Je vais publier mon premier livre. Je suis heureuse. C'est mon plus grand rêve, me semble-t-il. Je l'écoute me faire des retours sur cette dernière version. Celle sur laquelle je peux enfin m'appuyer pour apaiser mes délires, la preuve tangible que mon rêve est devenu réalité. Pourtant, quelque chose résiste encore. Il le sait et je le sais, je ne suis pas au bout de mes peines. L'immense puzzle n'est pas complet, il manque une pièce, une toute petite pièce mais elle est essentielle. Je la cherche à m'en fatiguer les yeux sans m'apercevoir qu'il me l'agite sous le nez depuis un long moment.

Je sors du rendez-vous contente mais trop taraudée pour en être pleinement heureuse. Je traverse la Seine en courant, sans regarder le pont Neuf, mon préféré, devant lequel je marque toujours une pause en me demandant s'il vaut mieux le regarder depuis le pont des Arts ou bien marcher dessus, le sentir sous ses pieds.

La sempiternelle question du rêve ou de la réalité. J'emprunte la rue du Louvre en coupant au niveau de la rue Coquillière, change de trottoir pour passer au-dessus des bouches d'aération de la piscine des Halles desquelles émane une forte odeur de chlore que j'ai pris l'habitude d'inhaler en grandissant dans ce quartier dont je connais chaque recoin par cœur. J'évite l'église Saint-Eustache en la contournant par la rue du Jour, il fait moins froid dans cette rue que sur la place où un vent glacé souffle hiver comme été. On l'appelait « le couloir de la mort » avec mes potes quand on était ados. Je nous revois traîner dehors comme si c'était hier. J'entends encore les rires et les cris. Depuis, on a été remplacés par d'autres, les mêmes que nous, d'une autre génération. Quand je repasse par ces endroits, si je regarde droit devant moi sans insister sur les détails, je jurerais apercevoir ma silhouette filiforme, mes longs cheveux blonds et mes faux airs de dame s'agitant pour se faire remarquer. J'ai toujours mes longs cheveux blonds et ma silhouette filiforme d'ailleurs, mais je crois que ce qui a changé entre-temps, c'est que je suis devenue une vraie dame. Dans ma vraie vie de dame il n'y a pas de prince charmant, pas de soie, de peau impeccablement épilée ni de vernis à ongles. Tout est un peu brouillon, flou, inconstant, mais j'ai appris à aimer ça. Mille femmes vivent en moi et, chaque matin, je me réveille dans une peau différente. J'apprends à les connaître chacune, à les faire cohabiter. Ce n'est pas toujours facile, parfois il y a un voile qui recouvre tout, les couleurs qui s'absentent et le désir qui s'éteint. D'autres fois ça pulse, ça tangue à en donner le tournis. Mais dans la connaissance de soi, on ne s'ennuie jamais. Les mots de Lala qui titillaient et faisaient rire comme des chatouilles ont emprunté le chemin de l'expérience. Je n'ai jamais revu Lala, je l'ai laissée dans son bureau du rez-de-chaussée, s'occuper d'autres filles et d'autres avortements. Des années plus tard, j'ai timidement rappelé le collège. Je crois que je voulais lui dire merci. Elle n'y travaillait plus. J'ai vaguement entrepris des recherches internet qui m'ont fait réaliser que je ne connaissais ni son vrai prénom ni son nom de famille. D'elle, il ne me reste que ces deux syllabes jumelles. J'ai pris ça comme un signe. Parfois il faut laisser les anges être ce qu'ils sont : des messagers éphémères.

J'arrive devant un café de la rue Montorgueil où j'ai un autre rendez-vous. Je finis ma cigarette en vitesse et entre, me croyant très en retard. À l'étage, pas de signe des deux scénaristes avec lesquelles ma mère et moi écrivons un projet de série sur l'avortement.

Je trouve ma mère et mon petit frère de cinq ans mon cadet enfoncés dans de larges fauteuils en velours rouge. Devant eux, des assiettes vides et deux cafés. Elle me dit les filles sont là-bas, elles nous attendent. L'ambiance est morose. Mon frère me présente un visage fermé, les yeux fuyants. Je demande ce qu'il se passe une première fois. « Rien », on me répond. J'ai l'impression que quelqu'un est mort et qu'on ne veut pas me l'annoncer. Je répète ma question. « Rien », on me répond à nouveau. Ma mère me regarde avec un air qui me somme de tout comprendre sans les gêner, de saisir mais de ne pas dire. Je ne comprends pas. Elle dit en se levant, soudainement pressée de rejoindre les deux autres femmes, il s'agit de ton livre, mais on en reparlera. Mon frère quitte la table sans un mot.

Durant tout le rendez-vous je suis ailleurs, en colère. Je sens mon cœur battre dans mes tempes, je voudrais renverser la table et hurler. J'assiste, hallucinée, au changement subit d'attitude de ma mère, qui se met à parler d'avortement d'un ton léger, le sujet même de mon livre, le sujet de notre déchirure que l'on croit à tort sublimer en alliant nos plumes autour d'un projet cinématographique bancal. Mon livre qui produit l'effet d'un deuil dans notre famille et dont on se parle à l'étage d'une salle de restaurant en baissant la voix quand la principale intéressée débarque, lui donnant comme seule explication des regards entendus et des mines déconfites. Et puis, une fois qu'on lui a refilé la sale émotion dont on la tient responsable, on peut se lever tout sourires et parler d'avortement à nouveau. Chacun sa merde, je me dis.

Le rendez-vous est long. Je m'apaise avec les heures, laisse s'éloigner cette colère que je connais si bien, comme une vieille amie. Lorsque nous sortons, la nuit est tombée. Ma mère et moi échangeons quelques banalités qui, cette fois, ne suffisent pas à remplir le silence.

Ce silence assourdissant, plein à craquer des sujets douloureux qui ont pris place entre nous il y a bien des années et dans lesquels nous gesticulons toujours, les poings fermés, les bras levés, les lèvres retroussées, prêtes à combattre jusqu'à ce que mort s'ensuive pour un pull emprunté sans demande préalable, un mot compris de travers, une opinion politique ou tout autre sujet sans importance. L'affrontement est devenu notre terrain d'entente. Et comme de vraies athlètes, une fois la cloche du KO sonnée, nous nous relevons, nous serrons la main, et passons à autre chose.

Cette fois, le sujet est trop important. L'éléphant qui nous accompagne de pièce en pièce depuis douze années s'est mué en un gigantesque dinosaure.

Je sens une émotion affleurer et s'emparer progressivement de moi. Je ne la reconnais pas, elle n'est pas de celles que je ressens habituellement à son égard. Elle n'est ni colère, ni dégoût, ni mépris. Elle est infiniment plus profonde, plus triste et plus tendre. Je voudrais tourner les talons mais je n'y arrive pas. Quelque chose me cloue là, face à elle. Quelque chose qui vient de loin.

C'est elle qui ouvre le bal. Elle dit j'ai commencé à t'écrire une lettre mais tant pis je vais tout dire là, maintenant. Et devant ce café, au milieu des passants de cette rue qui m'a vue grandir, elle dit. Elle dit j'ai compris que je ne pouvais pas comprendre. Ce besoin d'écriture qui me dépasse et qui te dépasse. Tu as quelque chose à dire. Je ne t'empêcherai jamais de le dire. Je ne te demanderai jamais de renoncer. Je crois que de toute manière, tu ne peux pas. Tu ne pourras pas faire autrement. Tu as quelque chose dans le ventre que je n'ai pas.

Précisément. J'avais eu quelque chose dans le ventre qui ne lui appartenait pas. Et c'est de cela que mon livre était censé traiter.

Elle continue. Je n'ai pas ce rapport à l'écriture, peut-être que c'est là la différence entre les artistes et les autres. Pour moi, épargner mon entourage a toujours été plus important que l'écriture en soi.

Ces mots, à ma grande surprise, ne me contrariaient pas mais me soulageaient par ce que j'y trouvais de reconnaissance. L'écriture, cet objet de convoitise mutuelle, le cheval de bataille d'une guerre que nous menions en silence depuis que j'assumais de le faire mien. Et cette double impression tenace de lui voler ses rêves et elle les miens. De lui prendre jusqu'à son propre métier. Tout ça s'échappait de moi à mesure qu'elle me délivrait par ses mots.

« Quand un écrivain naît dans une famille, c'en est fini de cette famille. » Je ne sais plus qui a dit ça, Roth je crois. Mais voilà, ça, il faut que tu l'entendes. En écrivant ce livre tu fais ce qui est ton premier vrai choix d'adulte. Et je crois que c'est bien. Mais dans tout choix il y a des conséquences. Tu dois être prête à les assumer.

Elle ne me lista pas les conséquences. Je les saisissais. Se dressait devant moi l'impitoyable monstre du désamour. Je répondis d'abord bruyamment. La voix de l'enfant effrayée par l'abandon et celle de l'adulte tout aussi effrayée se mélangeaient et se bousculaient, formant un amas de mots qui se contredisaient tout en essayant de se sauver l'une l'autre, maladroitement. Je lui reprochai de me mettre face à un dilemme impossible. Je répétai que ce livre n'était pas à propos d'eux mais de moi. Que cette histoire était la mienne.

Elle me dit que notre famille était pudique, secrète. Que je les forçais à regarder en face ce qu'ils ne voulaient pas voir. Sans leur laisser le choix. Elle ajouta : Même pour ton frère c'est difficile, tu sais comment il est, il n'ose pas dire. Pourtant, c'est lui qui m'en a parlé au déjeuner. Ça le travaille. On se pose tous des questions.

Soudain je me souvins de ce jour d'été, peu après ses dix-huit ans. Je l'avais emmené au restaurant pour déjeuner, seulement lui et moi. Ce n'était pas vraiment dans nos habitudes. Il faisait chaud, nous avions choisi les mêmes plats : une soupe à la tomate et un confit de canard. Nous avions trop mangé pour compenser la gêne de se retrouver l'un en face de l'autre. Déjà il devenait ce garçon mutique et solitaire. Je m'étais dit que c'était le bon moment, que je me devais de lui raconter, maintenant qu'il était grand, pourquoi j'avais été cette adolescente si compliquée, cette grande sœur d'une solide fragilité, trop présente ou totalement absente. Pourquoi les cris, les pleurs, à un âge où lui ne pouvait pas comprendre. J'espérais lui donner une pièce du puzzle de son existence et peut-être, au fond de moi, le sortir de ce silence empêtrant. Ce jour-là il ne m'a rien dit. Il m'a écoutée longuement, impassible, puis il a lancé, comme si je m'étais adressée tout du long à l'enfant de huit ans qu'il était, « t'as tué un enfant alors ».

Cette phrase m'avait bousculée et me mettait en colère au jour de mon procès. Je trouvais ça facile de venir pleurer dans les bras de maman quand avec moi il s'était agi d'indifférence, voire de cruauté. Mais en me remémorant cette histoire d'une traite en filigrane du discours de ma mère, j'entendais pour la première fois à travers les mots. Peut-être que je l'avais tué lui, en effet, ce petit garçon de huit ans.

Je cédai progressivement face à la puissante douceur qui s'échappait de moi, nous emportant toutes deux. Les larmes affleuraient mais ne coulaient pas. Une autre voix surgit, d'une contrée reculée. Je la reconnaissais pourtant, c'était une voix qui vient du ventre, dans le fond des basses côtes, une de celles qui s'imposent à nous quand nous sommes acculés, récurrente dans les débuts de la vie puis lentement mise au cachot au profit de la raison, rangée auprès de la folie.

Elle me fit prononcer des mots étranges, dont je n'étais pas sûre. Des mots comme il faut me faire confiance. Peut-être que c'est au seuil de moi que les secrets et la pudeur s'arrêtent. Peut-être que c'est pour ça que j'existe.

Je ne savais pas le pourquoi de cette revendication soudaine. Le livre, en l'état actuel, ne les mentionnait que très peu, eux, ma famille.

Nous avons marché l'une à côté de l'autre, en silence, jusqu'à la poste du Louvre. Pour la première fois, je la trouvais belle. J'observai ses épais cheveux châtains dégringoler le long de ses épaules, la finesse de ses poignets, la grâce de ses mains. Elle marchait avec précaution, de ces petits pas que je connaissais si bien et que je devançais toujours de plusieurs mètres, l'air agacé. Des pas mal assurés à cause de sa demi-cécité. L'œil qui l'avait trahie, d'une opaque transparence, caché derrière ses grosses lunettes carrées. Et la position de son visage, légèrement incliné en diagonale vers le bas, de façon à ce que ce soit l'autre œil, grand, vert, qui soit présenté au monde. Je voyais la petite fille qu'elle avait été. Celle qui en avait trop vu. Je voyais l'adolescente aussi. Avec ses rêves, ses espoirs et ses blessures.

C'est en les rencontrant ainsi pour la première fois, elle, toutes les femmes qu'elle avait été et toutes celles qui nous avaient précédées, la jeune femme en robe verte, celle qui n'aimait pas les cases, les amazones et les autres, dans leur forme la plus pure, que je compris. C'était elle la pièce manquante. En tentant de me prévenir, elle m'avait ouvert les yeux. J'avais voulu écrire un livre sur les femmes, le maternel, l'enfantement, en oubliant ma propre mère. J'avais voulu m'extraire de la toile familiale, dire j'existe seule. Avorter d'elles.

Soudain chaque chose reprenait sa place. Elle avait joué son rôle pour que je puisse tenir le mien. M'avait emprisonnée pour que je trouve une porte de sortie. Il avait fallu le Mal pour que le Bien existe. Elle n'avait jamais été un monstre, pas plus qu'elle n'avait été une mère cruelle ou perverse. Elle avait été une mère tout simplement. Elle avait été ma mère.

Cet ouvrage a été imprimé en février 2025
par CPI Firmin-Didot à Mesnil-sur-l'Estrée
pour le compte des éditions Grasset
61, rue des Saints-Pères, 75006 Paris
info@grasset.fr

Composition et mise en pages
Nord Compo à Villeneuve-d'Ascq

PAPIER CERTIFIÉ

Grasset s'engage pour l'environnement en réduisant l'empreinte carbone de ses livres. Celle de cet exemplaire est de :
500 g éq. CO_2
Rendez-vous sur www.grasset-durable.fr

N° d'édition : 23509 – N° d'impression : 182619
Dépôt légal : mars 2025
Imprimé en France